MALDIÇÃO

NANCY HOLDER
& DEBBIE VIGUIÉ

MALDIÇÃO

WICKED
LIVRO DOIS

TRADUÇÃO
Maria Clara Mattos

Título original
WICKED
Curse

Este livro é uma obra de ficção. Qualquer referência a acontecimentos históricos, pessoas reais ou localidades foi usada de forma fictícia. Outros nomes, personagens, lugares, e incidentes são produtos da imaginação da autora, e qualquer semelhança com acontecimentos reais, localidades, pessoas vivas, ou não, é mera coincidência.

Copyright de Curse © 2003 by Nancy Holder

Todos os direitos reservados.
Nenhuma parte desta obra pode ser reproduzida ou transmitida por qualquer forma ou meio eletrônico ou mecânico, inclusive fotocópia, gravação ou sistema de armazenagem e recuperação de informação, sem a permissão escrita do editor.

Copyright da edição brasileira © 2013 by Editora Rocco Ltda.

Publicada mediante acordo com a Simon Pulse,
um selo da Simon & Schuster Children's Publishing Division.

Direitos para a língua portuguesa reservados
com exclusividade para o Brasil à
EDITORA ROCCO LTDA.
Avenida Presidente Wilson, 231 – 8º. andar
20030-021 – Rio de Janeiro – RJ
Tel.: (21) 3525-2000 – Fax: (21) 3525-2001
rocco@rocco.com.br
www.rocco.com.br

Printed in Brazil/Impresso no Brasil

preparação de originais
LUANA LUZ

CIP-Brasil. Catalogação na fonte.
Sindicato Nacional dos Editores de Livros, RJ.

Holder, Nancy
H674m   Maldição / Nancy Holder, Debbie Viguié; tradução de Maria Clara Mattos. – Rio de Janeiro: Rocco Jovens Leitores, 2013. – Primeira edição.
(Wicked; 2)

Tradução de: Curse
ISBN 978-85-7980-172-3

1. Feiticeiras na literatura. 2. Ficção infantojuvenil americana. I. Viguié, Debbie. II. Mattos, Maria Clara. III. Título. IV. Série.

13-03151   CDD – 028.5
                                                      CDU – 087.5

O texto deste livro obedece às normas do
Acordo Ortográfico da Língua Portuguesa.

Para minha filha, Belle, que é mágica.
— Nancy Holder

Para o meu marido, Scott, e a magia do amor verdadeiro.
— Debbie Viguié

AGRADECIMENTOS

☾

Obrigada, minha maravilhosa coautora, Debbie, e obrigada, Scott, seu marido, por serem amigos com quem posso contar. Obrigada, família Simon & Schuster, Lisa Clancy, Micol Ostow e Lisa Gribbin. Ao meu agente e sua assistente, Howard Morhaim e Neeraja Viswanathan, minha gratidão eterna.

– N. H.

Obrigada, minha coautora e mentora, Nancy, por ser uma escritora tão inspiradora e uma amiga tão querida. Também gostaria de agradecer a todos aqueles que me encorajaram e compartilharam comigo as dores e alegrias criativas: Chris Harrington, Marissa Smeyne, Teresa Snook, Amanda Goodsell e Lorin Heller. Agradeço também a George e Greta Viguié, pais do meu amado marido. Sem vocês ele não seria o homem que é.

– D. V.

MALDIÇÃO

Parte Um
Crescente

☾

"Quando a Lua no céu começa a inchar, o mundo incha com ela, planejando, arquitetando, esperando. É então que o ventre amadurece e todos os propósitos malignos se põem em movimento."
Marcos, O Grande, 410

UM

LUA CANTANTE

☾

Gritamos, desafiando os céus,
Ao sol que brilha nos nossos olhos
A Confraria Deveraux tem poder
E cresce a cada hora que passa

Atenção, bruxas Cahors, ao que se segue:
Simples palavras nos enriquecem,
A velha bruxa pede que a escutemos
Pois palavras geram conhecimento, e conhecimento gera poder.

Holly e Amanda: Seattle, primeira Lua depois do Lammas

No outono do ano da Confraria, colhe-se exatamente o que se planta multiplicado por sete. A regra vale tanto para as almas dos mortos quanto para os grãos e as uvas.

Um ano inteiro havia se passado desde que os pais de Holly Cathers morreram afogados e sua melhor amiga, Tina Davis-Chin, fora-se com eles no *rafting* do rio Colorado. A morte invadira a casa dos Anderson em Seattle, levando Marie-Claire, irmã do pai de Holly. Marie-Claire Cathers-Anderson apodrecia em um dos jazigos que ela e o marido, Richard, haviam comprado quando ainda mantinham o romântico sonho de passar a eternidade juntos. A realidade do adultério da mulher fez com que fosse difícil para tio Richard acreditar na existência de outro lugar, um lugar melhor, onde ela o aguardaria – coisa que repetia a Holly, agora que passara a beber até tarde da noite.

A mãe de Tina, Barbara Davis-Chin, ainda estava doente no hospital de Marin County, em São Francisco. Ela era médica plantonista da Emergência desse mesmo hospital, assim como a mãe de Holly. Agora que Holly tomara conhecimento do mundo das bruxas e assumira sua posição de líder da própria Confraria, sabia que o estado de Barbara não era fruto de um acidente.

A doença da Barbara foi o primeiro ataque do Michael, porque ele queria que eu viesse para Seattle. Meu plano era ficar morando com ela, mas ele precisava de mim aqui... porque queria me matar.

Relâmpagos cortavam o céu em meio a cascatas de chuva gelada. Descargas elétricas iam e vinham, atingindo a terra com violência. Holly sentia-se muito vulnerável na perua da família, um pato vagaroso, atravessando um terreno lamacento. A três quarteirões do apartamento de Kari Hardwicke, saltou do carro e correu até lá.

Fortemente protegida por amuletos e escudos, Holly vestia uma capa da invisibilidade que Tante Cecile, praticante do vodu, e Dan Carter, xamã nativo americano, haviam criado juntos. Passara a usá-la toda vez que saía de casa. A capa não era perfeita, pois muitas vezes perdia seu poder de escondê-la, mas Holly a vestia desde que lhe fora dada de presente, uma semana depois da batalha do Fogo Negro, no último Beltane.

A Confraria esperava por ela no apartamento de Kari, típico de uma pós-graduanda, localizado em uma mansão convertida em pequeno edifício na Queen Anne, perto da Universidade de Washington, em Seattle. Fora Kari quem demandara que a Confraria formasse um Círculo. Noite passada, às três da madrugada – Hora Sombria da Alma –, ela acordara de repente de um pesadelo terrível, do qual não conseguia se lembrar. Atraída pela janela, assistira apavorada enquanto monstros passeavam pelo seu telhado – criaturas enormes, negras, que ela tinha quase certeza de serem falcões de tamanho gigante.

Falcões eram o totem da família Deveraux.

Se Michael Deveraux tivesse voltado para Seattle, e, ainda por cima, encontrado uma maneira de resgatar seu filho demoníaco, Eli, a Confraria Cathers/Anderson estaria em enorme, e possivelmente fatal, perigo. Michael ansiava por concluir a guerra sangrenta, iniciada pelos ancestrais de Cathers e Deveraux muitos séculos antes. Essa vingança exigia nada menos que a morte de cada bruxa Cathers viva – ou seja, Holly e suas primas, Amanda e Nicole.

Como líder da Confraria Cathers/Anderson, cabia a Holly protegê-las e salvar a própria pele.

Tinha muito poucas armas. Descobrira que era uma bruxa havia menos de um ano, enquanto os Deveraux jamais haviam esquecido que sua antiga linhagem os colocava entre os bruxos mais odiados e temidos de todos os tempos. Já o sobrenome da menina era Cathers, os ancestrais dela haviam pertencido a uma nobre confraria de bruxas, Cahors, na França medieval. Ao longo do tempo, sua identidade se perdera, juntamente com o sobrenome verdadeiro. Holly acreditava que seu pai sabia do sangue bruxo que corria em

Maldição

suas veias, mas não tinha certeza disso. Sabia que ele rompera com a ala da família que vivia em Seattle, e, somente após a morte dele, Holly soube que ele tinha uma irmã e que ela, Holly, tinha primas.

Ela se perguntava o que seu pai pensaria se soubesse que abraçara seu sangue bruxo com relutância e que agora liderava uma confraria. Não importava que esta fosse um misto de tradições e poderes, formada por Amanda; o amigo de Amanda, Tommy Nagai; Cecile Beaufrere, praticante de vodu, e a filha desta, Silvana; e os remanescentes da Confraria Rebelde de Jer – Eddie Hinook e seu namorado, Kialish Carter, além da ex-namorada do próprio Jer, Kari Hardwicke. O pai de Kialish era o xamã que ajudara a criar sua capa, mas ele não se juntara formalmente ao Círculo.

A Confraria Cathers/Anderson era como um barquinho de papel no oceano, se comparada às forças do mal de seus opositores.

Um relâmpago cortou o céu bem acima de sua cabeça, interrompendo suas ponderações. Nos últimos dias, ela parecia estar sempre preocupada.

Ao longo da rua, pessoas olhavam com ansiedade pelas janelas embaçadas pela chuva enquanto Holly corria. Os habitantes sem dúvida gostavam do conforto de saber que eles e suas casas estavam protegidos por para-raios, mas Holly sabia que Michael Deveraux era o responsável pelas descargas elétricas e que nenhuma proteção convencional impediria que um prédio fosse incendiado e destruído pelo fogo.

– Deusa, sopre suas bênçãos sobre mim – murmurava enquanto mantinha-se nas sombras e movia os dedos com firmeza por baixo da capa. – Proteja meu Círculo. Proteja a mim.

Essas palavras haviam se transformado em seu mantra... e, às vezes, na única coisa que a impedia de entrar em pânico total.

Todas as noites, vou dormir me perguntando se Michael Deveraux voltou para Seattle...

... e se vou acordar no dia seguinte.

Ansiosa pela chegada de Holly, Amanda Anderson encostou o rosto e as mãos na janela fria do apartamento de Kari, na torre do pequeno edifício. A cicatriz que atravessava a palma da mão direita dela entregava sua identidade de bruxa Cathers para qualquer conhecedor, pássaro ou bruxo; lembrando-se disso, tirou depressa as mãos do vidro e aninhou-as junto ao peito.

Atrás dela, Tante – "tia", em francês – Cecile Beaufrere e a filha desta, Silvana, andavam pelo apartamento em busca de amuletos que elas e Dan Carter haviam ajudado Holly e Amanda a instalar. As duas haviam deixado sua casa em Nova Orleans e se mudado para Seattle para auxiliar a Confraria de Holly na guerra contra os Deveraux. Para a própria proteção, mãe e filha haviam produzido amuletos de contas prateadas e transparentes e os colocavam envoltos nos cabelos; pareciam guerreiras núbias preparadas para uma grande caçada.

– Seria melhor se Nicole estivesse aqui. – murmurou Silvana. – As três Cathers juntas invocam encantamentos mais poderosos do que apenas Amanda e Holly. – A prova disso era que cada uma das três carregava um segmento

Maldição

do símbolo dos Cahors: o lírio queimado na palma da mão. Juntas, as primas eram mais fortes magicamente do que separadas.

Mas as três eram apenas duas na atual conjuntura do Círculo. Haviam sido reduzidas a este número logo após a Batalha do Fogo Negro. A realidade do que estavam fazendo atingira a irmã de Amanda, Nicole, de uma forma profunda. Ela fugira, deixando Seattle para trás, e as duas bruxas Cathers remanescentes não faziam ideia de onde estava.

Apesar de ser difícil para Amanda culpar a irmã, a fuga desta enfraquecera a todos da Confraria, deixando-os vulneráveis a ataques potenciais dos Deveraux. Holly convencera a Confraria a passar o verão praticando, se desenvolvendo na Arte e tentando trabalhar com os seguidores de Jer. E, durante todo o verão, não viram nem sinal de Michael, líder da Confraria Deveraux e pai de Jer, a quem o próprio filho repudiara. Também não haviam visto o filho mais velho de Michael, Eli, que fora carregado, queimado pelo Fogo Negro, por um enorme falcão mágico.

Ninguém havia visto um Deveraux desde então.

O guincho de um pássaro ecoou junto com um trovão. Holly olhou para cima, apertando os olhos na chuva. Uma fila de pássaros negros se debatia sobre ela, levados pela tempestade, os olhos brilhando, as asas negro-azuladas lutando contra o temporal.

Eram falcões.

Holly se apressou, chegando ao apartamento sem chamar a atenção dos pássaros – ou assim lhe pareceu, e assim ela esperava – e Amanda abriu a porta antes que ela pudesse bater. Como a prima, Amanda amadurecera, seu rosto estava mais fino, o cabelo castanho repleto de mechas finas douradas. Não era mais a gêmea "chatonilda" dos contos de Nicole. Era firme e sábia – em termos mágicos, uma sacerdotisa. Holly agradecia do fundo do coração pela presença de Amanda.

– Onde você estava... o caminho foi tranquilo até aqui? – perguntou Amanda ao notar que a prima estava ensopada.

– O carro era um alvo muito evidente – disse Holly. – Preferi vir andando.

– Você ainda não tem uma vassoura? – Foi a vez de Kari entrar na conversa, e estava apavorada. Holly perdoou o comentário maldoso, mas estava cansada da malícia de Kari ao longo dos últimos meses.

Ela me odeia, pensou Holly. *Ela me culpa pela morte do Jer. Ela tem razão. Eu matei o Jer.*

Holly pigarreou enquanto os outros se reuniram, a encarando. Eram olhares de expectativa, como se ela soubesse qual deveria ser o próximo passo. A verdade era que ela não fazia a menor ideia do que fazer.

– Precisamos formar um círculo. Quem será o nosso Longo Braço da Lei hoje? – perguntou, encarando os três homens presentes. Como era comum em muitas tradições de Wicca, na Confraria de Holly, as mulheres faziam os encantamentos enquanto os homens mantinham o círculo fora de perigo. Ela, responsável pela condução do rito, era a Sacerdotisa Mor designada pela confraria. Sua contraparte masculina era chamada de Longo Braço da Lei. Na Confraria

Cathers/Anderson, ele cortava o perigo com uma esplêndida espada antiga, que Tante Cecile encontrara em um antiquário e na qual a confraria infundira magia.

— Eu — disse Tommy, afirmando com a cabeça.

— Então, de joelhos — o instruiu Holly—, e receba minha bênção.

Ele se ajoelhou. Amanda se adiantou, carregando uma linda concha de osso entalhado cheia de óleo, na qual flutuava a erva mágica preferida de Holly, o alecrim — tal erva era associada à memória. Holly ficava intrigada com o fato de sua família carregar o sangue bruxo dos Cahors havia séculos e, mesmo assim, ter perdido a memória da ancestralidade.

Holly moveu as mãos sobre o óleo, invocando em silêncio a Deusa enquanto Silvana apresentava a espada ao Círculo e a colocava entre as mãos de Tommy. O objeto de bronze era extremamente pesado. Runas e sinetes haviam sido entalhados no cabo e iam até onde este encontrava a lâmina, mas ninguém da confraria — nem mesmo Kari, estudante graduada que conhecia várias tradições de magia e folclore — fora capaz de traduzir ou decifrar qualquer um dos sinais.

Tommy respirou fundo, ele e a espada tornando-se um só, e sua respiração também seguiu o ritmo. O restante do grupo se colocou em volta de Holly e Tommy, e todos formaram um ser mágico único.

Somos um só, pensou Holly. *Temos um poder que os Deveraux não possuem. Por meio do amor, tentamos derrubar nossas barreiras e trabalhar em total comunhão. O sistema deles é baseado no poder, em tirá-lo dos outros e guardá-lo só para si, a todo custo. Preciso acreditar que o amor é mais forte do que isso.*

– Abençoo sua cabeça, para o bem da sabedoria – disse ela, fazendo um pentagrama de óleo na testa de Tommy. – Abençoo seus olhos, para a clareza de visão e a perspicácia do olhar. – Pingou óleo nas duas pálpebras do rapaz. – Abençoo seu olfato, para a detecção do cheiro infernal de enxofre. – Fez uma linha de óleo pelo nariz de Tommy.

Abençoou-lhe a boca, para que pudesse avisá-los em caso de algum ataque. O coração, para que tivesse coragem, e os braços, para que tivessem força para erguer a espada contra intrusos.

Então, encostou, decidida, seu dedão na ponta da espada, gemendo ao cortar-se. Gotas de sangue escorreram pela lâmina, alimentando-a.

O amor pode ser a moeda deste domínio, mas o sangue ainda alimenta o círculo. Os Cahors não eram uma confraria gentil, pacífica; em sua época, foram tão cruéis quanto os Deveraux. O que Holly esperava era uma evolução, uma chance de reinventar o padrão da família. Já que tanto fora perdido ao longo dos séculos, estava tentando encontrar o equilíbrio entre novas formas de magia e as tradições que sua confraria deveria observar para que a magia funcionasse. Era um processo lento de tentativa e erro... porém, se Michael voltasse a ameaçá-los, ela teria que fazer o possível e o impossível para proteger os seus, mesmo que sua magia ainda não estivesse totalmente evoluída.

Mas aquela não era hora para tais considerações; depressa, terminou de untar Tommy.

– Abençoo você da cabeça aos pés, Tommy. De pé, meu Longo Braço da Lei, abrace sua sacerdotisa.

Maldição

Tommy se levantou e Holly entregou o óleo para Amanda. Depois ela o abraçou, com cuidado para não encostar o corpo na espada, e o beijou, de leve, nos lábios.

Deu um passo atrás e Tommy disse:

– Cuidarei de qualquer armadilha que nossos inimigos possam ter preparado.

– Que assim seja – sussurraram os membros do círculo.

Amanda e Kari soltaram as mãos, permitindo assim a passagem de Tommy.

– Golpearei nossos inimigos, estejam eles invisíveis ou disfarçados – continuou ele.

– Que assim seja – proferiu mais uma vez o círculo.

Com grande dificuldade, ele ergueu a espada em direção ao teto.

– E eu...

Um grito terrível interrompeu o momento. Algo verde, brilhante, piscou. O vento invadiu a sala, frio e sólido como gelo. O cheiro de enxofre tomou conta do ambiente.

Tommy cambaleou para trás.

– Ali! – gritou Kari, apontando.

Gemendo, Tommy direcionou a ponta da espada para o teto. O brilho foi atingido; um líquido fluorescente em tons de verde escorreu pela espada e pingou no chão. Kari se afastou dele, e o restante do círculo se esforçou para manter as mãos dadas.

O brilho vibrou, depois desapareceu.

– Meu Deus – disse Kari, sem ar.

Na ponta da espada, podia-se ver o que parecia ser um falcão debatendo-se, agonizante. Não era um pássaro real, mas uma representação mágica; o brilho verde engrossou e se transformou em sangue, fresco e quente. As mãos de Tommy foram tomadas por ele, que gotejava no chão.

Enquanto Holly observava, tomada de susto e fascinação, o bico do pássaro se abriu. Uma voz incorpórea ecoou pela sala:

– *Cahors, suas vagabundas, vocês estarão mortas antes de meados do verão.*

Com um último tremor, o pássaro parou de se mexer. Seus olhos vítreos miravam para além do círculo.

Houve um silêncio.

Então, Amanda disse:

– Ele voltou. Michael Deveraux voltou.

Holly fechou os olhos; um medo enorme percorrendo seu corpo.

Lá vamos nós, pensou. *As linhas da batalha foram desenhadas. Como seremos capazes de combatê-lo?*

Mais especificamente... como podemos esperar vencê-lo?

Nicole: Colônia, Alemanha, Setembro

Nicole olhou aterrorizada por cima do ombro enquanto corria pelos corredores da estação. Um trem se afastava; o barulho de seus passos ecoava como a marcação das notas de um baixo na plataforma de embarque e desembarque. O rosa e o dourado do amanhecer perseguiam as sombras, e ela ficou extremamente agradecida; a noite fora longa demais, e ela estava exausta.

Devia ter ficado em Seattle, pensou. *Achei que estaria mais segura se fugisse... há aquele velho ditado sobre dividir e conquistar... mas não sei o que ele significa...*

Maldição

Desde que estivera em Londres, três meses antes, algo a seguia. Não era uma pessoa, não no sentido tradicional; era algo capaz de deslizar pelas paredes dos prédios, esgueirar-se nos telhados – algo que a seguia com um bater de asas e um gemido. Nicole não fora capaz de ver a coisa; mas, na sua imaginação, era um falcão, e eram os olhos e ouvidos de Michael Deveraux, perseguindo-a como se ela fosse um ratinho.

Não tinha certeza de ter sido de fato localizada pela coisa. Talvez a espionasse às cegas, instigando-a para que usasse a magia e se revelasse. Esse pensamento deu-lhe esperanças de que talvez sobrevivesse tempo suficiente para descobrir o que fazer. *Sinto tanto medo de entrar em contato com Holly e Amanda... e se isso revelar minha localização para o que quer que isso seja? Como se respondesse "Polo" quando o cara vendado diz "Marco" a seis centímetros de mim?*

Estava a caminho de um terreno sagrado; viajara a maior parte da Europa, de Londres à França e à Alemanha pulando de igreja para cemitério, de capelas para catedrais. Não sabia se seu instinto de buscar proteção em mesquitas, sinagogas e igrejas católicas estava correto. Tudo que sabia era que se sentia melhor entre paredes construídas por pessoas que haviam aderido a alguma tradição de fé... como se a fé delas a protegesse do mal.

Escutava seu instinto e a ânsia de manter-se em movimento. A sombra a seguia, e ela tinha a sensação de que se continuasse andando, talvez jamais pousasse nela – talvez não a carregasse, como aquele falcão enorme carregara Eli.

Será que ele morreu?

E Holly e Amanda? Abandonei as duas. Que vergonha. Estava tão apavorada...

Lua Cantante

Viajara de trem a noite toda. Seu destino esta manhã era a famosa Catedral de Colônia, igreja medieval conhecida por guardar relíquias dos Três Reis Magos. Lera sobre isso em um guia de viagem; comprara e memorizara mais guias sobre construções religiosas da Europa do que se poderia encontrar numa loja inteira. Tomara um sem-número de trens. Gastara toneladas de dinheiro.

O problema é que já estou quase sem grana... o que vou fazer quando não puder mais fugir?

No alto da escadaria, parou. Uns trinta metros adiante, erguendo-se na beira de uma praça, a estrutura gótica monumental brilhava como um obelisco. Seguia em direção aos céus; as rosetas e estátuas à sua entrada eram de um cinza escuro, dando as boas-vindas.

Magia cinza é a representação dos Cathers, pensou. *Nossos ancestrais, os Cahors, não eram pessoas muito boas. Eram apenas... menos cruéis do que os Deveraux.*

Não necessariamente éramos os mocinhos.

Ainda assim, o céu parece feliz de nos dar abrigo.

Nicole respirou fundo e correu pela praça até abrir as portas da igreja.

Estava frio lá dentro; uma fila de homens, com vestes marrons amarradas com faixas pretas, que cantavam de pé, em latim, de costas para ela. Um sacerdote ergueu os olhos, intrigado; ela sabia que ele vira uma jovem de jeans e camiseta, carregando uma mochila. Seu cabelo escuro estava preso no topo da cabeça, e ela não usava nenhuma maquiagem. Estava bronzeada e tinha olheiras.

Maldição

Em três meses, Nicole só dormira uma noite inteira duas vezes.

Estou tão cansada, tão assustada.

Dando-lhe uma bronca, o sacerdote levou o dedo ao rosto dela.

– *Hier darf man nicht schlafen, verstehen Sie?* – perguntou, sério. – *Você compreende que não pode dormir aqui?*

– *Ja* – respondeu ela, sem ar. Seus olhos se encheram de lágrimas, e o homem abrandou, de imediato.

Deu alguns passos para trás, apontando para os bancos. Não havia outras pessoas ali, fora os monges cantando a missa matinal.

Nicole inclinou a cabeça e disse:

– *Danke shön*. – "Obrigada" era uma das "palavras e frase úteis" que decorara de um dos guias.

Sentou-se no banco mais próximo e observou o teto abobadado, perto do céu, acima de sua cabeça. Quando a atmosfera da igreja tomou conta de seu ser, pôde visualizar o sol perfurando a escuridão do lado de fora.

Então, na sua imaginação, uma sombra escura se interpôs entre ela e a luz solar.

Gemeu em voz alta. A sombra viajante era a silhueta de um pássaro. E ela estava presa numa armadilha como um rato condenado.

Então, os sinos da igreja tocaram, dando-lhe a mensagem: *Está tudo bem, está tudo bem.*

E essa era uma grande mentira.

Jer: Ilha de Avalon, Outubro

Lua Cantante

A mentira era que aquilo era estar vivo.

Cada instante que vivia era uma eternidade de tormento. Cada respiração, um fole no peito, atiçando as chamas do Fogo Negro que queimavam seu coração e seus pulmões.

Se fosse capaz de articular o pensamento, Jer Deveraux imploraria ao Deus para que o deixasse morrer. E por trás dessa súplica, flutuaria o medo terrível de que talvez já estivesse morto... e no inferno.

Ecoando em seu crânio latejante, palavras que ele não compreendia contavam-lhe a fábula do resto de sua insuportável existência:

– Se você não matar Holly Cathers até o meio do verão, Michael, matarei o seu filho e entregarei a alma dele aos meus escravos.

Michael Deveraux respondera:

– Estou sob seu comando nesta e em todas as outras coisas.

Em seu poleiro na névoa azul que era o encantamento dos Cahors, a águia fêmea, Pandion, sacudiu suas penas e inclinou a cabeça. Ouviu um lamento choroso, como se de um companheiro seu, e se preparou para alçar voo em sua procura.

E do éter de brilho esverdeado que era sua residência, Fantasme, o falcão dos Deveraux, enfiou suas garras no crânio de um inimigo morto havia bastante tempo.

Holly e Amanda: Seattle, Outubro

Ainda estamos vivos. Já faz quase um mês que o falcão apareceu no nosso círculo, e conseguimos manter Michael Deveraux a distância.

Maldição

Holly encarava o oceano, permitindo que sua imensidão a tomasse, a engolfasse até sentir-se pequena mais uma vez. Adquiria força em suas caminhadas solitárias à beira-mar; às vezes, perguntava-se se o fantasma de Isabeau a acompanhava, dando-lhe apoio enquanto lutava para manter a confraria unida e mantê-la segura, longe de Michael Deveraux. Havia poder na pulsação das ondas, no vaivém das grandes águas. O oceano era ao mesmo tempo mãe, pai, amante e inimigo. As ondas ritmadas eram o bater apaziguador do coração de uma mãe ao acariciar seu bebê.

Holly fechou os olhos e se deixou envolver pelo som do mar. Inspirou o ar salgado, ar marinho, e, por instantes, poderia estar em qualquer lugar – em São Francisco, até mesmo na sua antiga casa, em vez de estar no novo lar em Seattle.

Lágrimas forçavam as pálpebras de seus olhos fechados e rolaram lentamente pelo seu rosto. Não fora um dia bom. Qualquer dia que tivesse de começar com um telefonema para o advogado dela não era um dia bom.

Holly tinha apenas dezenove anos, mas lidar com o advogado de seus pais tornara-se parte de sua vida. Quando falava com ele e com o responsável pelas finanças, que a ajudava a administrar sua herança, achava que iria gritar. Sempre havia questões a responder e mais papéis para assinar. Queriam discutir suas finanças e suas opções para o futuro.

E se eu não tiver futuro? E se eu morrer amanhã?, pensava, uma onda de amargura tomando conta dela. *Estou lutando pela minha vida, pela vida da minha família e dos meus amigos, mas ninguém entende isso. Não tenho tempo para me preocupar com o que irei fazer daqui a cinco anos. É provável que nem esteja aqui.*

Ainda assim, sabia que deveria ser grata. Se não fossem os planos cuidadosos dos pais, não teria tempo para praticar encantamentos nem para aprender coisas importantes que podiam ajudá-la a se manter viva. Estaria ocupada demais tentando trabalhar para sobreviver. Ainda mais agora que tio Richard desistira de qualquer pretexto para trabalhar. Ainda bem que tia Marie-Claire tinha dinheiro, senão Amanda estaria enfrentando problemas sérios.

De certa forma, invejava Kari. A moça mais velha pelo menos ainda fingia ter uma vida, algo além de magias e encantamentos. Ainda frequentava a universidade, fazendo sua pós-graduação. Tommy e Amanda também tentavam ir à faculdade. Holly sabia, no entanto, que Amanda estava tendo dificuldades com isso. Holly descobrira que a universidade era um desses sonhos do qual tivera que abrir mão no dia em que descobrira que era uma bruxa. *E que outras pessoas queriam me matar.*

Soltou um suspiro pesado. O dia fora de mal a pior quando telefonara para o hospital buscando notícias de Barbara. Na maioria das semanas, a notícia era a mesma: nenhuma mudança no quadro geral. Mas naquela semana, ela pôde sentir alguma coisa, certo desconforto na voz do médico, que não estivera presente sete dias atrás. Algo estava errado; ela podia sentir. Tinha certeza de que Barbara piorara. *E os médicos não iam admitir.*

Começou a tremer. Barbara era sua última ligação com a própria casa, a própria cidade, sua infância. Milhares de vezes quisera visitá-la, para certificar-se de que Barbara ainda estava viva. Mas sempre havia mais encantamentos a aprender, mais rituais de proteção a realizar. E também havia o medo terrível, sombrio, de que se chegasse perto dela, Barbara morreria. *Tudo que amo perece.*

Portanto, ia até o mar para perder-se na sua imensidão, para buscar consolo. O oceano já a confortara antes, e ela rezava para que continuasse assim.

As ondas avançavam com suavidade, tocando a ponta dos seus dedos do pé, sua carícia era persuasiva. A água a convidava a entrar, a explorar, vivenciar seu poder. Uma oferta tentadora de uma amante impetuosa. Mas Holly sabia que o mar podia sussurrar promessas doces e, em seguida, voltar-se contra você. Podia mudar de uma hora para outra e matar com facilidade.

Nunca dê as costas para o mar. Seu pai lhe dissera isso quando ela tinha cinco anos. Estava se jogando nas ondas havia uma hora e a mãe chamou-a para passar mais protetor solar. Ela se virara e tentara sair da água. Uma onda enorme veio e a derrubou. Seu corpo foi sugado pela correnteza, que ameaçava puxar também seu pai. Lembrava-se de debater-se, mas a correnteza era tão forte que ela não foi capaz de ficar de pé nem de tirar a cabeça de dentro d'água.

O pai dela mergulhou e a resgatou, carregando-a com cuidado para terra firme. Colocara a menina, chorando e assustada, nos braços protetores da mãe. Jamais esqueceria o olhar dele ao abaixar-se.

Nunca dê as costas para o mar, Holly. Ele pode ser bonito, mas também é muito perigoso.

Sentiu um tremor ao ser atingida por um vento gelado, e uma onda lambeu seus tornozelos. Deu um passo involuntário para trás. Mais uma onda a atingiu e ela deu mais um passo atrás. O som do mar estava mudando; em vez do vaivém suave das ondas, um rugido chegou aos seus ouvidos.

Assustada, não teve tempo de reagir antes que uma onda se quebrasse sobre ela, encharcando-a num instante com sua água gelada e a agarrando pela cintura com mãos invisíveis.

A corrente puxou-a, e ela quase perdeu o apoio na areia, tropeçando, o susto logo foi se transformando em medo. *Você não tem mais cinco anos!*, gritava sua mente enquanto ela lutava para chegar na areia, quando outra onda atingiu-a na altura do peito. Derrubou-a e arrastou-a por vários metros.

Serei carregada para alto-mar! Meu Deus, isso está acontecendo?

A saia comprida enrolou-se em suas pernas, como uma cauda de sereia. Seus braços eram pesos mortos dentro do casaco pesado. Ela mal conseguia se mexer, quanto mais nadar.

O pânico instalado fez com que ela focasse sua atenção: *Preciso me livrar dessa roupa.*

– Deusa, dê-me forças nessa batalha contra a morte – murmurou como Encantamento de Proteção. Se o encantamento funcionou ou se ela conseguiu boiar porque não acreditou estar sozinha, não importava, mas, sim, o fato de que Holly conseguiu tirar um braço, depois o outro, de dentro do casaco, que foi levado pelas ondas como uma água marinha.

Então, partiu para a saia, mas suas mãos ficaram presas na bainha. Não conseguia livrar-se; ainda tomada de pavor, virou-se na intenção de nadar até a margem usando apenas os braços. Em segundos, ficou exausta. Então, uma onda

Maldição

quebrou em cima dela, e Holly tossiu com violência enquanto seus pulmões expeliam a água que acabara de ingerir.

Mal conseguiu fazer isso, outra onda a atingiu na cabeça. E mais outra. Seu cérebro começou a se desligar, ficou preso pelas terríveis imagens do *rafting* que tirara a vida dos seus pais e da sua melhor amiga. *Faz um ano, e agora a água veio me buscar,* pensou, zonza.

Mas não sou mais a mesma menina indefesa. Sou uma bruxa e sou poderosa. Devia ser capaz de fazer algo para me salvar.

Virou-se para olhar o mar, as pernas batendo, frágeis. *O que os surfistas fazem? Eles se deixam levar pelas ondas.*

Também posso fazer isso.

Uma grande onda começou a se formar; Holly respirou fundo.

– Posso fazer isso! – gritou quando a massa de água a atingiu.

Seu corpo foi lançado no ar, e ela foi parar no topo da onda, um pouco à frente da espuma.

Ela voou numa velocidade vertiginosa em direção à praia. Quase lá, a onda quebrou e a jogou na areia. Sua boca e seus olhos encheram-se de pequenos grãos de areia enquanto ela se agarrava com firmeza ao chão para sair da água.

Por fim, a força dos braços e das pernas se foi, e ela fraquejou, mal conseguindo deitar-se de costas e tossir, fraca. Seus olhos ardiam e seu rosto estava arranhado, como se a areia tivesse sido empurrada para dentro de cada poro. Seus olhos encheram-se de lágrimas furiosas, e ela permitiu-se chorar – para lavar os olhos e o medo.

Quase morri. Como deveria ter acontecido no ano passado.

Lua Cantante

Não seja ridícula. Não era para eu morrer. Eu tinha que sobreviver. Tenho uma confraria para liderar, seguidores para proteger.

Enfim, as lágrimas pararam; ela piscou depressa, tentando clarear a visão. Aos poucos, o céu entrou em foco... baixo, escuro e ameaçador.

O ar estava pesado; parecia prestes a quebrar. Olhou depressa em volta. Nada lhe parecia familiar. Será que a onda a levara para outro ponto da praia?

Sentiu um arrepio na espinha ao levantar-se. Havia magia ali, e parecia muito, muito antiga. Sentindo-se estranhamente compelida, olhou em volta, dando as costas para o mar.

Oh, meu...

DOIS

LUA CHEIA

☾

Fortalecemo-nos com cada morte,
Renascemos com cada último suspiro de um inimigo.
A cada sacrifício, nos renovamos.
Nossas promessas ao Senhor são leais e verdadeiras.

Giramos a roda do ano
E sabemos que não há motivo para temor,
Pois a verdade é que aquilo que morre
Nos fortalece e se abriga dentro de nós,

O castelo era antigo, porém bonito. Convidava-a com um cântico, como um trovador medieval contando as histórias do rei Arthur. Sentia-se como se flutuasse enquanto caminhava em sua direção, os passos silenciosos. A vasta parede de pedras estava viva; ela podia sentir.

– Algo maravilhoso aconteceu aqui – sussurrou. Uma sombra passou-lhe pela mente. – E algo terrível também.

De alguma forma, chegara ali sem perceber. Estendeu a mão para tocar na pedra desgastada, e seus dedos formigaram com o contato. Havia poder dentro daquele muro. Chegou até seu braço e se enroscou nela, como se quisesse amarrá-la por toda a eternidade.

De dentro do muro, algo chamava por ela, apesar de não saber como nem quem. Encostou a mão toda na parede e se apoiou nela. Aos poucos, sua carne misturou-se ao muro, passando por ele. Depois da mão, foi a vez do restante do corpo.

Por um instante, tudo ficou escuro e úmido; o medo surgiu mais uma vez dentro dela, e Holly pensou: *estou me afogando; isso é um truque!*

Mas o momento de pânico passou assim que ela atravessou o muro. Virou-se para apreciá-lo, para maravilhar-se com sua beleza.

Algo ainda a chamava, a compelia para que seguisse...

Atravessou uma parede atrás da outra. A última foi um desafio, resistindo primeiro, mas enfim cedendo ao esforço dela. Holly viu-se num quarto luxuoso, cheio de luz e calor vindos de uma lareira. Quando enfim entrou por inteiro no quarto, deu-se conta de que não estava sozinha.

Sentado diante do fogo estava um homem com a cabeça apoiada nas mãos. Foi até ele lentamente, sem dar nem mesmo um suspiro que denunciasse sua presença. *Quem é ele? Por que fica sentado de ombros caídos, em desespero?*

Ele deve ter sentido alguma coisa, porque ergueu a cabeça depressa, deixando que as mãos caíssem pesadas.

Ela compreendeu: havia algemas nas mãos e nos pés do homem. Holly esticou o braço para tocar-lhe o punho esquerdo, mas foi dolorosamente repelida. O homem era um prisioneiro, física e magicamente.

Que crime teria cometido?

– Estar vivo – respondeu ele.

Holly deu um pulo para trás, em choque. Não falara em voz alta; como ele a escutara?

– Posso senti-la, mesmo sem vê-la. – A voz dele estava rouca, mesmo assim era familiar de um modo assustador. – É você, não é, Holly?

Virou o rosto direto na direção dela, e, por um breve instante, Holly achou que ele a vira. Deu um passo atrás, encolhida, mas os olhos dele passaram por ela e seguiram adiante, vasculhando a área a sua volta.

E agora ela podia ver o rosto dele, ou melhor, o que restara dele.

– Jer! – disse, sem ar.

– Não tenho mais tanta certeza disso – respondeu, sombrio, fixando o olhar na direção de onde vinha o som, ao lado da orelha esquerda dela, e isso era enervante.

Ele ergueu a mão esquerda e, sob a luz tremeluzente da lareira, Holly pôde ver que ele estava terrivelmente cheio de cicatrizes.

– Um presente. Um lembrete de como estive perto da morte e do tanto que perco estando vivo.

Ela não compreendeu suas palavras, mas guardou-as na mente. Haveria tempo, mais tarde, para que as decifrasse.

– Onde estamos? – perguntou ela.

Ele encolheu os ombros.

– Na ilha de Avalon.

Ela perdeu o ar.

– Então, isso deve ser...

– Isso. Há magia muito poderosa nestas paredes. A Confraria Suprema tem sido proprietária desta ilha desde a morte do mago sombrio, Merlin. Ele fazia seus encantamentos entre estas quatro paredes.

Lua Cheia

– Merlin? Suprema Confraria? Mas onde fica isso? Onde fica Avalon? – perguntou Holly, ficando desesperada. Algo a puxava; ela estava escapando.

Então, ele tentou alcançá-la, as mãos estendidas, tremendo pelo esforço e pelo peso da magia dos dois.

– Holly – disse Jer, a voz rouca. – Não se aproxime. Não conseguiria evitar mandar minha alma até você. Você é minha metade, e eu sou seu. Mas não chegue perto de mim. Viva sem mim, para sempre, se for o caso. Mesmo não estando completa. – Ele olhou para ela com desejo, com amor, com desespero. – Não procure por mim.

– Eu... – Antes que pudesse fazer uma promessa (*Não, não vou prometer nada; vou encontrar você!*), foi arrancada dali. Foi levada de volta através das paredes, mais e mais depressa, uma corrente puxando-a, a dor se somando ao sofrimento dos pulmões – a dor no seu coração aumentando ainda mais.

Chocou-se contra a última parede, e esta soltou um leve gemido sob o peso da menina, antes de ceder-lhe passagem.

Holly sentiu dor no tornozelo direito.

Então, estava de volta à areia, em tremenda escuridão, correndo o mais rápido que podia em direção à água. Mãos invisíveis a apressavam, e quando chegou ao mar, empurraram-na.

A correnteza a agarrou e a arrastou tão longe dentro d'água que ela não conseguia mais enxergar a areia.

Meu Deus, meu Deus, não. Eu estava segura. Não faça isso comigo. Não quero ser levada de novo. Estava segura!

Irritada e assustada, tentou lutar contra as ondas, esforçando-se para voltar à terra que não via mais.

Maldição

Uma onda encobriu sua cabeça, e ela fechou os olhos. Quando enfim os abriu, era dia de novo. O sol brilhava, cansado e pálido, mas, ainda assim, brilhava.

Ali, a não mais de quinze metros, estava a praia de Seattle, onde estivera antes de ser arrastada pelo mar.

Holly engasgou e engoliu água salgada. Começou a tossir em desespero. Passava por tudo de novo, exatamente como momentos – *minutos? horas?* – antes. Lembrou-se da onda enorme e procurou por ela. Lá estava! Respirou fundo, disse algumas palavras em voz alta e sentiu a força poderosa quando a onda alcançou-a e carregou-a até a praia.

Demorou até que tirasse toda a areia dos olhos com as lágrimas, mas quando os abriu desta vez, Amanda estava olhando para ela.

Nicole: Espanha, Outubro

Colônia assustara Nicole, e ela fugira da Alemanha.

Agora, na Espanha, movia-se como uma criatura perseguida. Havia cartazes comemorativos de Halloween nas janelas e vitrines, explicando o feriado americano; agora era tarde, as lojas estavam fechadas e ninguém andava pelas ruas de paralelepípedos. O silêncio era intenso como um manto sobre aquele lugar, cuja aparência, a atmosfera e o cheiro lhe eram estranhos. Nicole torceu o nariz. Ir para Madri lhe parecera uma boa ideia na hora; centenas de capelas, uma catedral, igrejas por todo lado.

Mas, de repente, não tinha mais tanta certeza se deveria estar ali.

Isso parecia muito errado.

Lua Cheia

Um barulho fez com que se virasse. Forçou-se a relaxar quando o bêbado acenou para ela antes de pegar o rumo de casa, talvez para os braços de uma esposa sofredora.

Cruzou os braços e se obrigou a andar. O albergue onde se hospedara não ficava muito longe e, naquele momento, não havia nada que quisesse mais do que estar enfiada na sua cama, dormindo em segurança.

Queria estar em casa, em Seattle. Como acontecera centenas de vezes antes, o pensamento veio sem aviso, e ela abanou a mão no ar, como se pudesse afastar os pensamentos e sentimentos que a perturbavam: sofrimento, alívio, medo e saudade de casa.

Ela e a mãe haviam começado a praticar magia porque tinha aprendido alguns truques com Eli. Fora divertido, um jogo secreto das duas. Bonecas de milho e simpatias.

O perigo aumentou consideravelmente, pensou, seca.

Nicole sentiu um arrepio. Vira tanta coisa no último ano. Tanta morte, tanto horror. *Tanta magia.* O poder que sentira quando se unira a Holly e Amanda era apavorante. Não conseguira lidar com isso. *E olha eu aqui, no meio da Espanha, tentando esquecer quem sou eu, de onde venho.*

Outro barulho – passos leves talvez – alcançaram os ouvidos de Nicole. Agora, um arrepio. Havia alguém atrás dela, podia sentir. Acelerou o passo, lutando desesperadamente contra a vontade de olhar para trás e ver quem ou o que estava atrás dela.

Que não seja um pássaro; que não seja um pássaro; por favor, que, mais importante ainda, não seja um falcão.

Maldição

De repente, ouviu um ruído elétrico. Jogou-se para o lado, bem no instante em que um raio atingiu o lugar onde estava. Caiu, apoiando-se na lateral do corpo, e se virou depressa para ver de onde viera o ataque. Uma figura encapuzada encontrava-se a dez passos dela, rindo enlouquecidamente.

– Aqui é minha casa, bruxa. Você não tem nada a fazer aqui – informou-a uma voz feminina, aos sussurros.

– Não sou uma... uma bruxa – respondeu Nicole, a voz tremendo.

– Mentirosa! Eu sinto. E, como você invadiu meu território, deve ser punida.

A figura ergueu os braços e começou a cantar numa língua estranha.

Nicole conseguiu ficar de pé, cada encantamento de proteção que aprendera escapando-lhe da mente. Estava indefesa. Virou-se para correr, abriu a boca para gritar e sentiu a presença de outra figura encapuzada.

Gritou ao olhar para onde deveria estar um rosto. Tudo que pôde ver foi escuridão. E a voz começou a falar devagar, em tom de comando. Nicole se afastou e deu meio-passo em direção à bruxa. O que viu fez com que parasse de imediato.

Quatro figuras encapuzadas materializaram-se do nada. Uma delas estendeu o braço, e a bruxa caiu no chão em um colapso, as mãos em volta do pescoço.

– Philippe, o que você fez? – gritou em inglês a silhueta atrás dela.

– Só repeti o discurso dela até certo ponto, até ela ser capaz de conversar de modo civilizado com um estranho. – Essa voz falava em francês.

Lua Cheia

Nicole se virou para ver a figura em quem tropeçara. Lentamente, mãos longas e pálidas puxaram o capuz para trás. Fartos cabelos escuros, encaracolados, emolduravam um lindo rosto, de olhos ferinos. Um sorriso torto curvou os lábios dele enquanto olhava para Nicole.

– Bem-vinda a Madri, pequena *bruja*. Meu nome é José Luís, bruxo e servidor da Magia Branca. E esses – acrescentou, apontando os outros, que removiam seus capuzes – são meus amigos.

Na praia, Holly encarou Amanda.

– O que foi que aconteceu? – perguntou lentamente.

– Ia lhe perguntar a mesma coisa – devolveu Amanda. – Nossa, Holly, você caiu na água?

– Eu... eu não sei. – Sorriu ao olhar as roupas molhadas. – Eu... eu acho que sonhei com alguma coisa. – Olhou de novo para a prima. – Como você me encontrou?

– Procurei você em tudo quanto é canto – disse Amanda.

– O que foi que aconteceu? – perguntou Holly.

Amanda balançou melancolicamente a cabeça.

– Explico no carro. Vamos embora.

Estendeu o braço, pegou a mão da prima e a ajudou a se levantar. Holly apoiou-se na prima, grata, e as duas se apressaram em direção ao carro.

– Estou ensopada – protestou Holly quando Amanda abriu a porta do carro de tio Richard.

Amanda empurrou-a para dentro, com delicadeza.

– Entra. Temos coisas mais importantes com que nos preocupar do que o assento do carro.

Maldição

Holly concordou e se sentou, sorrindo por causa do barulho que suas roupas molhadas faziam ao encostar no couro do banco. Nem teve tempo de colocar o cinto de segurança antes que Amanda desse a partida, engatasse a primeira e arrancasse com o automóvel.

Holly tentou se ajeitar. Quando viraram uma esquina, bateu com a cabeça na janela. Percebeu que algumas gotas de água salgada ainda saíam de seus ouvidos quando inclinou a cabeça.

– Ai! Devagar, Amanda!

– Não temos tempo – sussurrou.

Amanda olhou depressa na direção de Holly antes de fazer outra manobra brusca, os pneus cantando alto.

Mais uma esquina, e o estômago de Holly se contorceu ainda mais. Quando o carro se aprumou, ela olhou para a prima. O maxilar da menina estava travado e seu rosto, pálido, muito pálido. Um filete de sangue escorria-lhe da testa, abrindo caminho pela bochecha.

Chocada, Holly viu um galo na lateral da cabeça de Amanda e percebeu que o cabelo da prima estava ensopado de sangue ali.

– Michael resolveu jogar mais pesado – explicou Amanda. – Fui atacada em casa por uma força invisível. Aí, liguei para Kari. Ninguém atendeu. Silvana e Tante Cecile. Nada. Nem sinal do Tommy também. Liguei para todos os números e nada, ninguém atendeu em lugar nenhum. Aí, pensei: nosso quartel-general. Que, por enquanto, é o apartamento da Kari. Mas não quis ir até lá sem você.

Lua Cheia

Mais uma esquina fez com que Holly precisasse voltar a atenção para a estrada, e ela desejou saber um encantamento que a impedisse de ter ânsia de vômito.

Holly disse, fraca:

– Parece que a situação não é boa. Acelera.

Chegaram ao prédio de Kari um minuto tarde demais para o estômago de Holly. Ela cambaleou para fora do carro, caiu de joelhos e achou que ia vomitar – de novo. Amanda também saltou do carro e se encaminhou para a porta do apartamento, numa corrida desenfreada.

Amanda gritou de dentro do apartamento, e Holly se aprumou, correndo até a porta. Lá dentro, um forte cheiro de gás fez com que caísse de joelhos e vomitasse mais uma vez.

No canto, Amanda tentava, frenética, acordar quatro corpos inertes. Olhou por cima do ombro e gritou:

– Holly, desliga o gás!

Incapaz de ficar de pé, Holly rastejou até a cozinha, tossindo, sem ar durante todo o percurso. Conseguiu chegar até o forno e checou os botões. Tudo estava desligado.

– Os canos devem ter estourado! – forçou-se a gritar Holly.

– Então, vem aqui me ajudar! – respondeu Amanda, aos gritos.

Holly arrastou-se para fora da cozinha e se aproximou de Amanda. Sua cabeça rodava, e ela começava a perder o foco. De repente, Amanda segurou a palma de sua mão, e Holly sentiu a familiar onda de poder que pulsava em volta e por meio delas. Sua mente clareou, e ela olhou Amanda nos olhos.

Maldição

Juntas, começaram a entoar um encantamento dirigido aos quatro amigos.

Aos poucos, Tommy se aprumou e olhou para elas.

– Alguma coisa está nos prendendo – murmurou.

Juntas, Amanda e Holly passaram a mão no ar, sobre o corpo de Tommy, até sentirem que algo se quebrara, libertando-o. Ele sentou abruptamente e se virou para ajudar os outros três.

Kialish, Eddie e, depois, Kari, foram acordados e libertados. Por fim, os seis cambalearam até a porta e saíram no exato momento em que uma fagulha de gás estalava.

Caíram no chão enquanto uma bola de fogo passava por cima deles. Em uníssono, começaram a invocar um encantamento. Os céus se abriram e começou a chover, apagando as chamas, que consumiam o apartamento.

– Legal! – gritou um pedestre, admirado.

Holly se virou e viu um dos pós-graduandos observando a cena.

– Falando em sincronia... fogo, depois chuva.

– Incrível – respondeu Holly, sem forças.

Então, vomitou outra vez.

Michael: Seattle

Quase consegui dessa vez, pensou Michael enquanto andava de um lado para o outro em frente ao altar, na sua casa, em Seattle. *Alguma coisa deu errado*. Ergueu as mãos e cerrou os punhos. Teria sua vingança. As bruxas pagariam por isso.

Laurent, seu ancestral, saberia o que fazer. O fantasma sabia mais do que Michael gostaria... incluindo que, assim como em 1666, a Confraria Deveraux fora há pouco censurada pelo líder da Suprema Confraria, corpo regulador mais poderoso dos bruxos de todas as confrarias.

– Laurent! Meu senhor e mestre, por favor, venha até mim. – Michael fez o apelo, em perfeito francês medieval.

Nada.

– Laurent – chamou Michael, respeitoso. – *Je vous en prie*. Um momento de sua atenção?

– Acho melhor você falar comigo – ecoou uma voz atrás dele.

Michael virou o corpo e se viu encarando uma pequena criatura. Era negra e disforme, o rosto largo e achatado como o de um sapo, o nariz, um focinho demoníaco, e presas curvavam-se sobre lábios finos. Seus olhos eram de réptil, verdes, e giravam, enlouquecidos.

– Onde está meu ancestral? – perguntou Michael com cuidado. Não fazia ideia do que tal coisa fazia ali; pelo que sabia, viera para matá-lo.

– Tenho um sssegredo – informou-o a criatura com voz sibilada.

É um diabrete, pensou Michael. *Já ouvi falar deles; nunca deparara com um... Laurent talvez o tenha enviado em vez de responder pessoalmente ao chamado.*

– Um sssegredo – reiterou o diabrete.

Michael encarou a figura. Ela esfregou as mãos, uma sobre a outra, cada dedo terminando numa lasca de cartilagem que era mais que uma unha, menos que um osso. Era feia, muito feia e encarquilhada.

O diabrete ergueu as sobrancelhas sobre olhos alongados, repletos de ódio.

Maldição

– Sei sobre a maldição – bradou.

– Maldição? Que maldição? – perguntou Michael no mais autoritário dos tons.

O diabrete fazia ruídos como um esquilo. Movia-se todo desordenado, como se estivesse completamente louco.

– A maldição contra seus inimigos de morte.

Um sorriso cuidadoso se formou nos lábios de Michael.

– Cahors? – perguntou, cuidadoso. Depois, caso o uso do nome antigo pudesse confundir a criatura, acrescentou. – Cathers?

– Isssso. – O diabrete fez um gesto afirmativo, inclinando o tronco para a frente, como se fosse compartilhar algo muito, muito interessante. – Eles não gostam muito de água.

– E qual o motivo? – perguntou Michael, gostando da conversa.

O diabrete retraiu os lábios, expondo os dentes, como se desse um sorriso largo. Disse em tom baixo, dramático:

– Eles tendem a se afogar. Essa é a maldição que seus ancestrais lançaram contra eles. O afogamento.

Michael ficou desapontado. A criatura louca, repulsiva, não sabia o que dizia. Se aquilo fosse verdade, Holly teria se afogado no mar três dias antes, quando tentara afundá-la, ou um ano antes, no rio, com os pais dela.

– Você está falando de bruxas que se afogam – disse, dispensando o comentário. – Quando boiam, são culpadas. Quando se afogam, são inocent...

O diabrete balançou a cabeça, impaciente.

– Não, não, elas *tendem* a se afogar, é verdade – disse. Ergueu um único dedo em direção ao céu. – Mas seus amados *sempre* se afogam. Essa é a maldição lançada sobre as bruxas Cahors. Por um de seus ancestrais, devo acrescentar.

A coisa sorriu de novo, como se prestes a lançar-se sobre Michael e arrancar-lhe a cabeça.

– É verdade – disse Michael, lentamente.

– É verdade – assegurou-lhe o diabrete.

Um sorriso – *ah, as possibilidades!* – espalhou-se no rosto de Michael Deveraux.

França: século XIII

– Sua filha, *madame* – anunciou o emissário dos Deveraux, com um floreio. Com uma mesura, ele fez um gesto para o serviçal fardado que o acompanhava. O outro homem, vestido como um pavão, nas cores verde e vermelha dos Deveraux, sorriu ao abrir a pequena caixa de ébano.

Cinzas e pequenos pedaços de osso caíram no tapete que cobria toda a extensão do Grande Salão do Castelo Cahors. Como poeira iluminada pela luz da tarde, os restos da única filha de Catherine foram despejados; centelhas azuis – as sobras de seu sangue de bruxa – absorviam a luz como pequenas safiras, ou as próprias lágrimas da Deusa.

Sentada em seu trono de madeira talhada, em trajes formais de luto, o cabelo preso para trás, envolto por um véu, Catherine, Sacerdotisa-Mor da Confraria Cahors, manteve os lábios cerrados, mas seu coração estava preso na garganta. Apesar de saber que Isabeau morrera queimada, as evidências ainda a chocavam. Mas ela era rainha, filha de reis e rainhas; perdera parentes nas Cruzadas, em outras guerras, assassinatos, duelos. A morte não era uma estranha à sua fa-

Maldição

mília, nem a ideia de sacrificar um dos seus em nome das ambições do clã.

Nas paredes do Grande Salão, espadas, escudos, lanças e armas de guerra ficavam penduradas, cruzadas, em fileiras e círculos. Não havia espaço nas paredes para arte, apenas para a dura realidade de sua existência. Cada momento, cada dia que a Confraria Cahors continuava a existir poderia ser contado como uma vitória. Sem sua vigilância, os Deveraux com certeza teriam encontrado uma maneira de tornar pó todos os Cahors e teriam cantado seu triunfo diante de todas as confrarias, que agora enfrentavam a perspectiva de liderança de uma família selvagem de bruxos – os próprios Deveraux.

Acima de suas janelas de treliça, a fumaça da ruína do castelo Deveraux ainda subia, resultado de seu plano orquestrado com cuidado para queimar os bruxos em suas camas. Sua filha, Isabeau, fora peça fundamental, traíra Jean, herdeiro da Confraria Deveraux, a quem desposara alguns meses antes.

E tudo teria terminado bem se eles tivessem compartilhado o segredo do Fogo Negro conosco, pensou, irada, quando as últimas cinzas de Isabeau atingiram o carpete. *Eles forçaram minha mão e sabem disso.*

A retaliação é inevitável e será brutal. Disso não tenho dúvida.

– O que faz você pensar que pode zombar do meu sofrimento dessa maneira e depois conseguir sair vivo do meu castelo? – perguntou ao emissário dos Deveraux.

– Honra – respondeu ele, apenas.

Ela o encarou.

– Honra de quem?

– Hasteei uma bandeira de trégua – lembrou a ela – quando meu cavalo adentrou seu território. Seu marido, duque Robert, deu-me passagem livre para que trouxesse sua filha amada de volta ao lar.

– Entendo. – Seu tom era quase casual quando se levantou do trono, desceu os três degraus de seu púlpito e cruzou a vasta seleção de armas à sua disposição. – E, sendo um Deveraux, você imaginou que a palavra dele tem mais peso que a minha, apesar de eu ser a Sacerdotisa-Mor da nossa confraria?

Pela primeira vez, o homem demonstrou insegurança.

– Ele garantiu a minha segurança – disse ele, sem emoção.

Sem mais uma palavra, ela pegou um machado de batalha da parede, ergueu-o com um giro, mirou e brandiu a arma diretamente na cabeça dele.

Partiu-lhe o rosto em dois; o topo da cabeça pendeu para trás, como acontecera com o tampo da caixa onde estavam os restos de sua filha, e ele caiu no chão, num espetáculo de sangue que manchou seu lindo tapete preto e prata.

– *Madame la reine* – disse, em um fio de voz, o pálido servo que sorrira diante dos restos mortais de sua filha.

Para ele, preparou uma bola de fogo e lançou-a. O cabelo do homem foi atingido. Ele se contorceu por mais minutos do que ela gostaria de assistir.

Então, ela deixou o Grande Salão como a grande rainha que era.

– E agora é a sua vez – disse à jovem prostrada à sua frente.

Maldição

Três dias haviam se passado desde a morte de Isabeau. E fora no mesmo cômodo, na torre do castelo, que a filha implorara para que Jean de Deveraux, seu marido havia pouco tempo, fosse poupado. Seus enormes olhos escuros haviam se enchido de lágrimas, ignorando os avisos implícitos nas entranhas do cordeiro sacrificado por Catherine, implorando clemência a um homem que talvez não lhe retribuísse o favor, fazendo o mesmo por ela.

Como Isabeau ainda não engravidara, os Deveraux planejavam matá-la no leito conjugal, assim encerrando a aliança com os Cahors. Os líderes das duas famílias haviam feito um acordo tácito: Isabeau uniria as confrarias dando à luz um filho se e quando os Deveraux compartilhassem o segredo do Fogo Negro com os Cahors. Nenhum dos lados quisera ceder primeiro; o beco sem saída em que se colocaram deixara Catherine impaciente e a filha, vulnerável. Portanto, Catherine cercara o castelo e os forçara a agir.

– Eu sabia dos riscos – murmurou, voltando ao presente e à jovem diante de si. – Sabia da possibilidade de perder minha filha. Portanto, agora é a sua vez – repetiu.

A jovem chamava-se Jeannette, o que Catherine achava propício. Talvez, se Isabeau e o príncipe Deveraux tivessem gerado uma menina, a nomeassem assim. Jeannette era uma das filhas bastardas do primeiro marido de Catherine, Louis. Ele tinha muitos bastardos, mas Jeannette carregava no sangue a mais poderosa magia de sua linhagem masculina. Muito tempo atrás, uma bruxa trouxera sangue poderoso para a linhagem Cahors, e o poder mágico era mais pronunciado nas filhas do que nos filhos, assim como os filhos homens dos Deveraux carregavam o poder da família de geração em geração.

Jeannette tinha o cabelo dourado e os olhos vivos do pai; era esguia e pequena, uma graça de menina aos catorze anos, e, tremendo diante da rainha, sussurrou:

— *Je vous en prie, madame*. Não valho tanto.

— Você está com medo, e tem o direito de estar — retrucou Catherine. — Não é muito bem-dotada nas artes da lua e não tenho muito tempo para prepará-la para o papel que há de desempenhar.

Eu deveria ter uma substituta pronta, pensou. *Foi um erro meu, um equívoco do orgulho. Imaginei que seria capaz de proteger Isabeau. Estava completamente errada.*

E agora ela não passa de pó. Está morta, Jean está morto, e as duas confrarias devem recomeçar.

Catherine dirigiu-se ao seu altar particular. Velas queimavam, ervas também; pequenos pombos debatiam-se em gaiolas, cientes de seu destino. Uma estátua dourada da Senhora Lua, jovem, vibrante e linda, estendia os braços para segurar as libações providas por Catherine: grãos, vinho e o coração de um veado.

No topo da cabeça da estátua, a águia fêmea Pandion observava tudo. Inclinou a cabeça, os guizos fazendo barulho, e bateu as asas. Então, postou-se a assistir às magias de sua dona.

Catherine pegou um dos pombos e o golpeou com o punhal que segurava na mão esquerda. O sangue morno espirrou em sua mão, caindo sobre a cabeça de Jeannette, que gemeu sem ar, mas nada disse.

Maldição

Mais duas vezes Catherine cobriu-a de sangue, depois abençoou o vinho e o deu à jovem para que o bebesse. A bebida estava misturada a ervas destinadas a fortalecer os poderes da moça, e, quando a cabeça de Jeannette pendeu para trás e seus olhos reviraram, Catherine sussurrou encantamentos sobre ela durante quatro horas, na esperança de que a jovem inexperiente pudesse tornar-se uma herdeira confiável para seu próprio manto, como Princesa-Mor da Confraria Cahors.

E assim começou seu trabalho com Jeannette.

A jovem bruxa não tinha permissão para deixar a torre do castelo. Ainda não era forte o bastante para lutar contra as influências mágicas dos Deveraux, os quais com certeza estariam arquitetando uma vingança. Os espiões de Catherine lhe contaram que o lugar de Jean fora tomado por um tal Paul, e que este era ávido e corajoso... mas não era nenhum Jean de Deveraux.

Luas se passaram, quase seis delas. Jeannette estava enlouquecendo, presa naquela torre, e começou a falar de visões do fantasma de Isabeau, cujo espírito jamais descansaria.

Catherine se regozijava ao ouvir que sua pequena não partira para reinos superiores: o fato de Isabeau estar presa à Terra fazia com que se perguntasse se poderia revivê-la, talvez trazer a pobre alma para dentro daquele pequeno corpo. Não se importava que tal gesto levasse a alma da própria Jeannette à morte. Ela era uma bastarda e, até aquele momento, não fizera nada que levasse qualquer chama de candura ao coração de sua nova mestra.

Lua Cheia

A rainha do castelo passou longas horas fazendo encantamentos em busca de contato com a filha morta. Incontáveis sacrifícios. Irou-se, implorou à Deusa... mas não foi ouvida.

Enfim, foi até Jeannette, humilhada pelo fato de a menina conseguir o que ela não fora capaz.

– Minha filha. O que impede o descanso dela? – Catherine exigiu uma resposta.

– Eu... eu não sei – disse Jeannette, desesperada. – Só a vejo na minha mente e sei que não está feliz.

– Não está *feliz*? – Felicidade era um conceito estranho à Catherine. O que a felicidade tinha de importante? Felicidade era um conforto àqueles sem poder, sem fortuna. Não existia tal coisa, mas governantes e bispos diziam que sim para manter escravos e cidadãos andando dentro das leis.

– Ela não está feliz – repetiu Jeannette. Depois, murmurou: – Nem eu. Oh, minha madrasta, por favor, deixe-me sair desta sala!

– Você não está pronta – insistiu Catherine.

– Estou! Por favor, eu imploro, estou! – Jeannette jogou-se aos pés de Catherine, abraçou as pernas da madrasta. – E estou enlouquecendo!

Catherine tocou a cabeça da jovem, depois, afastou-se, com firmeza.

– Paciência, menina. Logo. Logo você terá as asas de que precisa para voar com Pandion. – Sorriu para o pássaro, que guinchou em resposta.

Mas Jeannette não podia esperar mais. Quatro luas mais tarde, Catherine ficou sabendo que ela subornara um guarda para que destrancasse a porta da torre, e escapara, fugindo

Maldição

para a floresta a fim de comungar com os espíritos. Dançara por horas, a céu aberto, depois retornara, vestira suas roupas e fingira que nada acontecera.

Isso se repetiu em cada uma das três luas seguintes.

A fúria de Catherine só podia ser comparada à sua angústia quando da chegada repentina do bispo vindo de Toulouse, pedindo para falar com ela "sobre diversas acusações desagradáveis contra sua cidadela".

Os Cahors estavam na rota do vale do vinho até Toulouse; parece que viajantes, dormindo na floresta, haviam visto Jeannette dançando para a Deusa e contaram para o sacerdote. Mais rumores se seguiram; logo, toda a cidade murmurava contra os Cahors, chamando-os de bruxos, assim como haviam feito no passado.

Alguns membros do prelado sabiam a verdade sobre Cahors e Deveraux, outros não. Cada geração da confraria francesa se preocupava em lidar com a igreja da maneira mais eficiente possível. Caíra sobre Catherine o fardo de ter de lidar com um virtuoso cristão que concordava de coração com as fogueiras que tomavam conta de todo o continente.

— É claro que a senhora compreende minha preocupação, *madame* — disse o bispo a Catherine, enquanto passeavam por seu belo jardim. As cinzas de Isabeau haviam sido enterradas ali e agora um lindo lírio (símbolo da Confraria Cahors) usufruía os nutrientes de seus restos mortais. — Caso tal abominação tenha encontrado abrigo na sua família, no seu próprio seio, como se diz — concluiu ele, embaraçado.

— Como se diz — concluiu ela —, os bastardos de meu marido são minha responsabilidade, não sua.

Lua Cheia

O ancião ergueu o dedo:

– E as almas cristãs são responsabilidade da Igreja, minha filha.

No fim, Catherine capitulou, irritada, e deu ao bispo o que ele queria. Ela mesma denunciou Jeannette, dizendo tê-la visto voando numa vassoura, e os guardas da Igreja a levaram arrastada, aos gritos, da torre do castelo, o lugar já limpo de artefatos mágicos. Um crucifixo fora pendurado na parede ao lado de uma estátua da Madonna. O altar de Catherine desaparecera e as manchas de sangue dos muitos sacrifícios foram limpas, também em lugar desconhecido estava o baralho bruxo.

E Pandion também se fora... até que Jeannette fosse amarrada a um poste no jardim da Catedral, em Toulouse. Então, a águia dos Cahors sobrevoou sua cabeça, e as esperanças de Catherine, mais uma vez, transformaram-se em cinzas.

TRÊS

LUA DE MORTE

☾

Dançamos e rimos na noite
Enquanto nossos inimigos experimentam nosso ódio.
Morte somos e morte carregamos
Para que seja entregue pelas asas de um falcão.

Dançamos sobre o corpo de cada homem morto,
Rimos e gritamos até a rouquidão.
Prezamos todos os gemidos de nossos inimigos
Enquanto as garras da águia fêmea penetram seus ossos.

Jer: Ilha de Avalon

— Você vai sobreviver, *mon frère sorcier* — disse uma voz.

Jer não sabia dizer de onde vinha o som. Tentou abrir os olhos; estavam cobertos por curativos.

Não conseguia se mexer — ou melhor, não fazia ideia se seria capaz de se mover, olhos ou corpo. Agonia permeava o seu ser; não sentia nada além da dor que o torturava.

Seu pai costumava debater a ideia de tormento eterno com um amigo bruxo. Michael sustentava a crença comum de que, depois de um tempo, a vítima deixava de sentir a tortura; que qualquer espécie de sensação, fosse êxtase ou queimação, experiências que assolavam Jer agora, se tornaria insignificante. O corpo simplesmente deixaria de responder a ela.

Isso era um erro tão grande.

A dor começa na mente, pensou Jer, *e até a minha mente foi queimada. Estou completamente destruído.*

Holly, chamou em desespero, *salve-me. Você pode pôr fim a isso. Você tem o poder.*

Num estranho delírio, sonhara com ela: prisioneiro num quarto, algemado, como uma armadilha para ela. Implorara para que se afastasse dele, assim como ele deveria fazer agora. Sua família planejava matá-la.

Ela tem mais chances se Eli tiver morrido das queimaduras. O espírito de Fantasme se materializou e resgatou meu irmão, mas rezo ao Deus para que o Fogo Negro tenha dado fim a ele... mais depressa do que tenho a sensação de estar morrendo.

Ele é cruel, mas é meu irmão.

Não posso desejar uma dor como a minha a ninguém.

Conhecia aquela voz: era uma parte sua, um pedaço de sua alma imortal. A voz de Jean de Deveraux, filho da Confraria Deveraux à época do massacre do Castelo Deveraux, perpetrado pelos Cahors.

– Eu também não morri – assegurou-lhe Jean. – Todos acreditaram que morri no fogo, mas sobrevivi. Não contei a ninguém. Escapei com alguns seguidores e fiquei fora de circulação.

"Sobrevivi e espalhei meu sangue de bruxo por meio de meus herdeiros na França, na Inglaterra e em Montreal, agora o faço no velho oeste.

Maldição

"Você também sobreviverá e matará o meu amor – continuou Jean, sussurrando dentro da cabeça de Jer. – Você deve matar Isabeau. Então, ela descansará, e eu também, porque, enfim, terei minha vingança."

Então, outra voz disse:

– Você vai sobreviver. – E esta vinha de fora da mente de Jer. – Você vai sobreviver e vai se juntar ao seu pai para destronar o meu pai.

É James, deu-se conta Jer. *O herdeiro da Confraria Moore e filho de sir William, líder da Suprema Confraria. Nossa família aliara-se em segredo a James.*

Assim era o cenário original. Mas depois de Jer ter sido queimado, Michael alegara que o filho estaria a serviço de sir William em troca da sobrevivência. Ao selar o acordo, sir William se transformara em um demônio terrível. *Ele é o diabo? Será que o meu pai fez um acordo com o próprio Satã para que eu permanecesse vivo?*

De repente, a dor diminuiu e Jer respirou aliviado.

– O Fogo Negro machuca, não? – murmurou James. – É por isso que queremos saber o segredo. A Suprema Confraria quer essa arma, para enfim aniquilar as bruxas idiotas da Confraria Mãe.

Jer ficou confuso. Com certeza, seu pai já compartilhara o segredo. Não havia como sir William deixá-lo monopolizar um trunfo como aquele.

– Quase posso ler seus pensamentos – retrucou James. – Alguma coisa deu errado, Jer. O seu pai não consegue mais trazer o Fogo Negro à vida. Não faz ideia de por que ele continua falhando.

Jer ficou surpreso.

– Acho que ele precisa de você e do Eli, talvez sejam necessários os três Deveraux para que o fogo arda. Com você fora de combate, longe dele, não está funcionando. O meu pai acha que estou errado. Acha que a vagabunda da Holly é a responsável pelo bloqueio. Então, meu pai mandou que ele voltasse para Seattle para matá-la.

"E você, Jer? Você mataria Holly se eu mandasse? Está contra mim ou do meu lado? Vai ficar bem e, junto com o seu pai e o seu irmão, irá conjurar o Fogo Negro para mim."

Eli deve estar vivo, pensou Jer, ficando triste e aliviado com tal pensamento. *Ainda me preocupo com ele. O sangue é mais forte, afinal... ou melhor, sangue bruxo...*

– Sente-se – ordenou James.

Magia perpassou o corpo de Jer, curando a carne ferida; reabrindo veias antes obstruídas; retirando as cicatrizes de seus pulmões e de seu coração. Sua respiração ficou mais solta; inalava ao mesmo tempo ar e magia, e o brilho pulsou, espalhando-se por seu corpo, sendo expelido nas exalações. Estava zonzo, quase entorpecido, e a dor quase desaparecera. *Quase, mas não totalmente.*

Então, Jer flagrou-se sentado numa cadeira de rodas à beira de um precipício, de frente para o mar. Energia mágica girava em torno dele, espasmos de uma fosforescência verde dançando sobre sua pele.

Sua pele, que estava negra, queimada e repulsiva.

Olhou horrorizado para as próprias mãos, soltas sobre seu colo. Estavam carbonizadas, pedaços de ossos aparecen-

Maldição

do por entre a carne ferida. Uma bruxa na fogueira não teria melhor aparência.

Sou um monstro, como sir William. Talvez ele também tenha sido queimado pelo Fogo Negro. Talvez meu pai tenha dado vida ao fogo antes, e sir William carregue as cicatrizes.

Lágrimas rolaram pelo seu rosto. Seu corpo estremeceu de sofrimento, raiva e profunda, abjeta, humilhação.

Jamais posso deixar que Holly me veja assim. Ela se afastaria, provavelmente vomitaria. Não suportaria isso.

– Agora você começou a compreender do que os Cahors são capazes – disse a voz de Jean de Deveraux, dentro da cabeça de Jer. – *Eh, bien*, também fiquei com esse aspecto, depois que minha mulher me traiu. E é por isso que amo e odeio Isabeau. E, por isso, você precisa acabar com a líder das bruxas Cahors, conhecida como Holly Cathers. Minha Isabeau pode possuí-la, e ela nos traiu os dois agora. Devem morrer, uma e outra.

– Não – gemeu Jer. Não fazia ideia de quanto tempo se passara desde que dissera uma palavra. – Holly não me traiu.

– Traiu, sim – insistiu Jean. – *La femme*, Holly, ela sabia que juntos, Deveraux e Cahors, *pardon*, *on dit* "Cathers", poderiam permanecer intocados pelas chamas do Fogo Negro que sua família criou, no último Beltane. Mantendo-se unidos, vocês dois poderiam ter permanecido dentro das labaredas por uma fase inteira da lua, se quisessem.

"Mas ela se afastou de você na fogueira, não foi? *Mon ami*, ela abandonou você às chamas, assim como Isabeau jurou fazer comigo, sabendo muito bem que você sofreria dessa maneira."

– Ela foi arrastada pelas primas! – disse Jer. – Não teve escolha.

– Que patético vê-lo mentindo tão infeliz para si mesmo – disse Jean, com desdém. – Ela é a bruxa mais poderosa da linhagem Cahors desde Catherine, mãe de Isabeau. Se de fato quisesse salvar você, poderia ter feito isso.

– Não – sussurrou Jer, mas não tinha como refutar; no fundo de sua alma Deveraux, acreditava no que Jean dizia.

Então, teve outra visão: estava de pé, na praia de Seattle, com Holly; as ondas batiam de encontro aos seus tornozelos, e depois nas batatas das suas pernas, nos joelhos. Mas os braços dele envolviam Holly, e ela o beijava profundamente, os corpos colados. Ela estava tão ávida por ele, tão ávida...

...e as ondas quebravam em volta dos dois; Holly apertava-o, mantendo seus lábios juntos. A água gelada os atingia com força.

Caíram na água, foram tomados pelas ondas em formação e pelos abismos entre elas. Jer lutou, tentando manter a cabeça fora da turbulência das ondas, mas Holly se prendeu a ele, puxando-o para baixo, para baixo; a boca sobre a dele, impedindo-o de respirar. Ela lhe cortara, com efeito, o oxigênio. Apavorado e frustrado, ele tentava libertar-se, mas não conseguia. Ela o estava afogando.

– Ela será sua morte se você não matá-la primeiro – murmurou Jean. – Isabeau está destinada a me tirar a vida, através de você se for preciso. Ela não poderá descansar enquanto eu ainda estiver de pé.

Maldição

Então, James se pronunciou, como se fizesse parte da visão, como se vivesse tanto dentro quanto fora da mente de Jer:

— Não se esqueça de quem são os seus amigos, Deveraux — acrescentou.

Jean continuou:

— E nunca, jamais esqueça quem são seus inimigos. Na vida de bruxos e bruxas, guerras de sangue duram séculos. *Mademoiselle* Holly pode querer amá-lo, talvez até seja capaz de convencer-se de que o ama; mas ela é a personificação de tudo o que os Cahors são, e é a sua inimiga mortal.

Holly e Amanda: Seattle, Outubro

Era uma noite muito escura e de mau tempo, perto do Samhain, e tio Richard estava bêbado.

Holly e Amanda haviam acabado de chegar em casa, de volta do Círculo, as duas tirando suas capas de invisibilidade para encontrá-lo, sentado na sala de estar, no escuro, comendo de modo compulsivo barrinhas de chocolate, compradas para o Halloween. Ele nem fingia mais; bebia uísque direto no gargalo. Logo depois da morte de Marie-Claire, preparava drinques com bebidas cada vez mais fortes; depois passara a tomar doses de uísque rotineiramente. Isso antes de ele ter comprovado que Marie-Claire tivera um caso com Michael Deveraux.

O pobre tio Richard descobrira a verdade de uma maneira casual: Marie-Claire mantinha um diário, e Richard o encontrara. Ela descrevia as noites passadas com Michael com detalhes, e o marido lera cada palavra.

— Papai? — chamou Amanda, com delicadeza, ajoelhando-se ao lado da cadeira dele.

Ele suspirou e olhou para ela, os olhos úmidos e vermelhos. Seu rosto mostrava a barba por fazer de uma semana. Ele cheirava mal.

Ela e Holly não haviam conseguido convencer Richard a se mudar. Ele estava determinado a sucumbir na própria casa. Como não trabalhava mais, os negócios definhavam a cada dia, e a proteção da casa mostrara-se um desafio com ele por ali. Mas a confraria dera um jeito. Ele estava relativamente seguro... ou, falando com franqueza, correndo tanto perigo quanto os outros.

— Tio Richard? — chamou-o Holly. Moveu a mão, abençoando-o. Ele não pareceu perceber o gesto furtivo e, também, este não pareceu fazê-lo se sentir melhor.

— Vou fazer um café. — Amanda passou por Holly e se encaminhou para a cozinha.

Holly assumiu a vigília ao lado da cadeira de Richard. Colocou sua mão sobre a dele e disse:

— Eu sinto tanto.

Ele voltou a cabeça e encarou a sobrinha; e sob a frágil luz da Lua, viu que ele revirava os olhos. Assustada, afastou-se.

Mas ele apertou sua mão com força, quase esmagando os seus ossos. E disse, num fio de voz que não era a sua, mas a de Michael Deveraux:

— Morra em breve, Holly Cathers. Morra de uma maneira terrível.

Maldição

Nicole: Espanha, Outubro

Enquanto cruzavam as ruas de Madri, Philippe mantinha-se próximo de Nicole, obviamente querendo estar perto dela, talvez com a intenção de mantê-la em segurança. Ele era uma rocha, e ela estava grata por sua força e interesse; pela primeira vez em muito tempo, sentia-se segura. Ele não era tão absurdamente lindo quanto José Luís, que tinha o selvagem sangue cigano nas veias. Era mais parecido com Amanda: agradável ao olhar, mas não extasiante. Os extremos de aparência e emoções eram deixados a outros de suas confrarias: no caso de Amanda, Nicole tendia a roubar a cena; no caso de Philippe, essa função era de José Luís.

Mas Philippe se destacava, em sua confraria, por não ser espanhol. Era de uma pequena cidade francesa chamada Agen.

Agora dizia ao líder deles:

– José Luís, precisamos sair da rua. Hoje não é uma noite segura, nem mesmo para nós.

– *Tienes razón* – concordou José Luís. Levantou a voz para que pudesse ser ouvido por todos. – Vamos.

Estavam juntos havia vários dias, em fuga, buscando casas seguras que José Luís e seu companheiro, Philippe, haviam deixado preparadas muito tempo antes. Eram guerreiros em nome da Magia Branca e tinham muitos inimigos. Philippe contou a ela que algo os perseguia desde antes de sua chegada, mas ela tinha a sensação de que sua presença era como um radar, apontando o caminho para a confraria deles.

Alicia, a bruxa silenciada por Philippe, deixara a confraria, com ciúme de Nicole, irritada por ter sido enfeitiçada quando se manifestara contra a jovem.

José Luís era o mais alto do grupo e o mais bem-vestido: calça preta de couro e camisa de seda também preta. O cabelo ondulado ia até os ombros, e ele o prendera de modo casual em um rabo de cavalo com um elástico que tirara do bolso. Pelas feições, ela diria que tinha por volta de trinta anos, mas seus olhos pareciam mais velhos, *muito* mais velhos.

Philippe, que aparentava ser alguns anos mais jovem, tinha pele morena e olhos azuis muito vivos, uma combinação impressionante de contrastes. Vestia jeans e suéter, para proteger-se do outono em Madri, botas aparentemente caras de caubói e, naquela ocasião, chapéu também de caubói. O cabelo castanho-claro era curto, com corte estiloso, e, na única vez em que ela pôde tocá-lo, ficou impressionada com o quanto era sedoso.

Apesar de ser normalmente jovial, agora aparentava formalidade.

Ele também sente isso, pensou ela.

José Luís tinha apresentado a ela o membro mais velho de sua confraria como "*señor* Alonzo, nosso benfeitor, nossa figura paterna".

Alonzo rira, jocoso, mas estendera a mão para Nicole. Ela a apertara e, num movimento suave, ele girara-lhe a mão para que pudesse beijá-la. Soltou-a depressa e deu um passo atrás. Tudo naquele homem exalava graça e elegância.

Armand era a "consciência" deles, dissera-lhe José Luís. Seus olhos escuros eram intensos, a boca um risco fino. Havia algo sombrio e perigoso nele, como se fosse o vilão de algum filme antigo.

Maldição

Pablo era o irmão mais novo de José Luís. Parecia mais jovem do que a própria Nicole, talvez tivesse catorze anos, e era muito tímido.

Quando ela foi apresentada a todos, pensou: *Que mistura heterogênea!*

E Pablo respondeu em silêncio, com o inglês cheio de sotaque.

– Mas fazemos um bom trabalho.

Surpresa, Nicole o encarou. Philippe riu.

– Pablo tem esses talentos que vão além da nossa compreensão. – O menino apenas corou um pouco mais e continuou a olhar para baixo, para os próprios sapatos.

– E quem é você? – enfim perguntou José a ela.

Foi a vez de Nicole corar.

– Meu nome é Nicole Anderson. Eu só... só estou visitando a Espanha.

– Você está muito longe de casa – observou José, examinando-a. – E tem sangue bruxo. Duvido sinceramente, *mi hermosa*, que você esteja... *visitando* a Espanha.

Ela fez um gesto afirmativo, lágrimas queimando seus olhos.

– Eu... eu estou com problemas – conseguiu dizer. – Grandes problemas.

– Problemas com bruxos – Pablo entrou na conversa.

Nicole confirmou. Não fazia ideia se devia contar-lhes o que estava acontecendo; tinha medo de colocá-los em perigo.

– Eu... Eu estou morrendo de medo.

José Luís acalmou-a.

– *Está bien. No te preocupes, bruja.* Você está em segurança conosco. Pode fazer parte da nossa confraria.

– Mas eu não quero fazer parte de uma. – Nicole ouviu a própria voz em protesto.

José Luís riu.

– É um pouco tarde para isso.

E foi aí que Philippe deu um passo adiante e disse:

– Vou tomar conta de você, Nicole.

E ele tem feito isso desde então. Foi ele quem a encobriu de talismãs protetores para combater encantamentos de busca; foi ele quem garantiu que comesse o bastante quando paravam para fazer as refeições; e foi ele quem montou guarda durante a noite enquanto ela dormia, estudando o ar em torno dela, garantindo que Nicole não dormisse perto de uma janela.

Ele começou a se preocupar com ela...

...e ela com ele.

Agora, nas ruas empoeiradas de Madri, a sensação de estar sendo caçada aumentava com a escuridão. Hoje à noite, os sentidos de Nicole gritavam, avisando que alguém – ou alguma coisa – aproximava-se deles com muita rapidez.

– Philippe tem razão. Acho que devemos partir – anunciou Pablo. – Aqui ficou muito perigoso. Podemos ir para a fronteira com a França. Temos amigos lá.

Os outros começaram a murmurar, concordando.

Nicole balançou a cabeça e soltou a mão de Philippe.

– Não posso ir com vocês. Eu... eu só quero ir para casa.

– Num fio de voz, acrescentou: – Foi muita covardia da minha parte.

Maldição

Ele concordou, dando-lhe apoio.

– Entendo, mas isso é impossível agora. Quando for seguro, faremos o que for possível para levá-la para casa.

– Até Seattle? – perguntou ela, sem ar.

O sorriso dele se alargou.

– É, até Seattle. – Ele juntou as mãos. – *Bueno, andale* – disse para o resto da confraria. – *La noche está demasiado peligrosa. A noite está muito perigosa.*

Vários membros da confraria fizeram o sinal da cruz. Nicole ficou surpresa, e estava prestes a perguntar sobre isso quando o bando começou a se mover.

Como uma só mente, atravessaram o centro de Madri, virando esquinas como um corpo só, sem uma palavra, sem hesitação. Como num sonho, Nicole deixou-se levar por aquelas cinco figuras encapuzadas. Philippe, mais uma vez, levava-a pela mão, e ela se flagrou num meio trote para conseguir acompanhar os passos largos dele.

Uma hora se passou antes que enfim parassem numa ruela, ao lado de um carro pequeno. Nicole hesitou enquanto os outros entravam no automóvel. Philippe sorriu para ela.

– Estamos seguros. Por enquanto.

Nicole aquiesceu, devagar, os olhos movendo-se do rosto dele para o carro. O sorriso de Philippe começou a se desfazer, e ele olhou para o lugar de onde haviam vindo.

– Acho que não temos muito tempo – disse. – Temos que ir agora se quisermos escapar. Você sente isso?

Ela fez que sim.

– Sinto – disse, infeliz. – Sinto, sim.

Lua de Morte

Parecia que alguém os observava do alto – como uma criatura enorme, preparando-se para alçar voo com suas grandes asas, para pegá-los com suas garras afiadas. Ela quase podia ouvir o eco de um guincho fantasmagórico.

O falcão, pensou. *Ele está vindo.*

Philippe apressou Nicole para dentro do carro.

– É um Deux Chevaux antigo – disse a ela. – Um carro francês. Chamamos de "dois cavalos", porque é a força do motor. – Sorriu. – Mas até um Deux Chevaux bate qualquer coisa feita na Espanha.

– *Tiene cuidado, macho* – disse José Luís, ameaçando-o jocosamente.

– *Tais-toi!* – devolveu Philippe. Piscou e deu um breve sorriso para Nicole. – Viu? Mesmo correndo perigo conseguimos fazer piada e insultar uns aos outros. Somos um bando incrível, Nicole. Vai ficar tudo bem.

Ela tentou sorrir de volta, mas sua ansiedade aumentava a cada batida do coração. Viu-se no banco da frente, espremida entre José Luís e Philippe.

– Humm, cintos de segurança – murmurou ela, tentando encontrar o equipamento.

– Não precisa. Sou bom motorista – informou-a Philippe, com um sorriso maroto.

Ela concordou com um gesto de cabeça, tensa.

– Não podemos voltar para buscar nossas coisas – disse a ela Philippe. – Você está com seu passaporte? Dinheiro, essas coisas?

Ela levou a mão ao bolso e fez que sim.

Maldição

— Tudo aqui. — Trouxera poucas coisas, mas estava triste de deixá-las para trás. Sentia-se tão... nua, sem roupas para trocar. *E sem xampu. Sem pasta de dente.*

Pablo inclinou o tronco para a frente e disse algo a Philippe, que murmurou:

— Ah, *sí* – e se virou para Nicole. — Compraremos coisas novas – disse, gentil. — Quando estivermos em segurança.

Três horas depois, ao nascer do sol, chegaram a uma *villa*, as luzes dançando nas paredes brancas da casa colonial. Flores enfeitavam o caminho até a porta da frente.

A visão tirou o fôlego de Nicole.

É lindo demais para ser perigoso, pensou, sabendo, no fundo, que isso não fazia o menor sentido.

José Luís saltou do carro, e Nicole fez menção de segui-lo, mas Philippe segurou-a pelo braço.

— Melhor ele ir sozinho. Ele precisa... como se diz? Checar a situação.

Nicole espiou pela janela e viu um homem alto sair da casa e se dirigir a José Luís. Os dois homens se aproximaram, com passos decididos, peitos estufados. Quando estavam a poucos metros de distância, começaram a gritar. Ela não compreendia as palavras, mas elas não pareciam amigáveis.

Os homens pararam cara a cara. Gesticulavam muito e pareciam ainda mais enfurecidos. Por fim, José Luís inclinou a cabeça para trás e riu. O outro fez a mesma coisa, e eles se abraçaram.

Enfim, separaram-se, e José Luís voltou ao carro, um largo sorriso iluminando suas feições. Gesticulou para que os outros se juntassem a ele, e Nicole balançou a cabeça, confusa.

– O que foi aquilo? – perguntou.

– Apenas uma pequena reunião de família – respondeu José Luís, os olhos brilhando.

Nicole ajeitou o cabelo e resolveu não perguntar mais nada. *Pelo menos, nada que tivesse a ver com aquilo*, pensou. Acompanhou os passos de Philippe, e José Luís guiou o grupo.

Um pouco atrás da casa havia um chalé, onde, ao que parecia, ficariam em segurança. Quando chegaram, José Luís abriu a porta com confiança e encaminhou todos para dentro. Era pequeno, mas limpo; várias camas encostadas nas paredes.

Nicole sentiu as pálpebras pesadas, e os lençóis brancos, limpinhos, pareciam deliciosos e convidativos.

Ando tão cansada, pensou. *Cansada de correr. Cansada de me preocupar.*

Frágil, sentou numa cadeira e tirou os sapatos pesados. Seu jeans estava empoeirado. Philippe lhe emprestara um suéter, no qual estava escrito UNI DE MADRI, e ele também estava sujo. Sua boca estava amarga. Quando José Luís foi até um armário, abriu-o e pegou uma garrafa de vinho, ela aceitou um gole, aproveitando para livrar-se do gosto ruim na boca. Então, alguém avisou que no banheiro havia sabonete e xampu.

– *Mujer* – disse Philippe para ela –, vai lá e toma um... uma... Como se diz? "Banheirada"?

O vinho lhe subira à cabeça; Nicole sentia-se um pouco zonza e bastante excitada.

– Banheira? Tem banheira? Jura? Você... tudo bem?

Maldição

Ele fez um gesto indicando o chalé.

– Aqui é muito protegido. Essa pode ser a única chance que você vai ter por um bom tempo. – Riu e acrescentou: – Uma mulher bonita como você merece certos prazeres.

Ela piscou; sentiu um calor na barriga e a quentura subiu até alcançar suas bochechas. Ele pegou sua mão e a ergueu até os lábios.

Ele está pensando em mim na banheira, pensou ela.

Enquanto tirava as botas, Pablo olhou para ela, envergonhado, e desviou o olhar.

Ele também.

Não era a primeira vez que se dava conta de ser a única mulher naquela confraria. A outra bruxa, Alicia, não era muito bem-vinda, para começo de conversa, e ninguém ficou triste ao vê-la partir. E esses homens não eram precisamente bruxos, não no sentido da violência e da rudeza encontradas em Eli e o pai dele. Eram como as bruxas, só que homens.

Parecem mais com Eddie, Kialish e o pai deste, pensou. *É diferente. O que será que Holly e Amanda iam pensar disso? Talvez Jer também seja uma bruxa macho. Talvez por isso ele tivesse tanta dificuldade de se encaixar como um Deveraux.*

Era estranho. Sabia que, antigamente, teria aproveitado a oportunidade e atraído a atenção dos cinco homens. Sentiu-se envergonhada e olhou com discrição para Philippe. Só existia um homem de quem queria a atenção a partir de agora.

Remexendo os armários, Armand, o mais quieto e sério deles, disse alguma coisa a José Luís, e este inclinou a cabeça, intrigado, em direção à Nicole.

– Armand quer saber se você é católica.

– Não. – Ela franziu o cenho, olhando para Armand. – Você é?

– Somos espanhóis. – José Luís riu. – *Bueno*, Philippe é francês, mas *sí*, somos todos católicos. Na verdade, dizemos que Armand é nossa "consciência", porque ele já foi monge. Ele quer celebrar uma missa para nós. – José Luís sorriu, confortando-a, quando Nicole abriu a boca, surpresa.

– Uma missa branca, não negra.

– Mas... – Ela hesitou. – Rezamos para a Deusa.

José Luís encolheu os ombros.

– É a mesma coisa, Nicolita. Mas acho que seria melhor você ir tomar seu banho. Nós, que temos essa fé, vamos participar da missa.

– Ok... tudo bem.

Señor Alonzo ergueu o indicador e disse algo para José Luís. Parecia confuso.

Então, Philippe disse:

– Toalhas. – E os outros compreenderam. Explicou para Nicole: – Eles estavam tentando se lembrar da palavra em inglês. – Sorriu para ela. – Querem avisar que tem toalhas limpas no banheiro.

– Obrigada. *Gracias*. – Ela fez a tentativa em espanhol. Sorrisos se espalharam por todos os rostos.

Envergonhada, Nicole encaminhou-se para o banheiro. Encontrou um interruptor à sua esquerda e acendeu a luz.

Uma linda banheira podia ser vista à direita, e havia uma parte reservada para o toalete e para a pia. Encontrou toalhas roxas em um armário, um frasco que parecia xampu e uma

Maldição

barra grossa, cheirosa, de sabonete, embrulhada em um papel com o desenho de uma dançarina flamenca.

Cheirou o delicioso perfume do sabonete, levou tudo até a banheira e abriu as duas torneiras. A banheira estava limpa; imaginou que o homem que cumprimentara José Luís de maneira tão estranha mantinha a casa limpa para o caso de uma necessidade. Estava duplamente grata à gentileza de Philippe ao sugerir que tomasse um banho.

Gentileza? Riu. *Encare os fatos, Nicki. Tem alguma coisa no ar, e os dois sentem isso.*

Havia uma tampa de borracha no chão da banheira; fechou o ralo e deixou a água correr. Divagava enquanto esperava e pensou: *Preciso ter cuidado. Posso cair no sono aí dentro.*

No outro cômodo, um homem entoava um cântico. Os outros o seguiam. Então, a primeira voz cantava outra frase, e os outros respondiam.

Estão louvando.

No seu íntimo, seu sangue antigo acompanhava o ritmo, as melodias suaves de sofrimento. Parte dela conhecia aquelas palavras, as notas. Estava no seu sangue; no seu espírito e na sua alma.

Os Cahors viveram em um país cristão. Será que meu espírito vem de tão longe, como o da Holly?

Pensando nessas coisas, tirou a roupa e entrou, com cuidado, na banheira. Relaxando o corpo dolorido na água quente, gemeu, os músculos começando a perder a tensão. Não conseguia se lembrar da última vez em que relaxara.

Deitada dentro d'água, fechou os olhos, escutando o cântico. Sua mente começou a divagar... pensou nos dias felizes, quando sua mãe estava viva, as duas descobrindo juntas a magia. Abençoavam a família todas as noites, e Nicole tinha esperanças de que a mãe parasse de dormir com Michael; esperava que ela, Nicole, pudesse reacender a centelha entre seus pais para que voltassem a se amar.

E pudesse fazer com que Eli fosse bom...
Eu amava o Eli.

Lágrimas rolaram pelo seu rosto quando ela, enfim, deixou fluir e permitiu sentir parte da sua dor. Sua mãe estava morta.

Sinto falta da Amanda. E da Holly. Da minha gata. Ah, que saudade da Hecate.

E começou a devanear... devanear e flutuar... *na água... por um rio; ela era a Senhora da Ilha e não se atrevia a olhar o prisioneiro; se o encarasse, enlouqueceria, porque ele era tão medonho...*

– *Nicki* – disse uma voz. – *Nicki, cadê você? Meu pai vai mandar o falcão para encontrá-la. Deixe-me achá-la primeiro.*

– Eli? – Deixou escapar. Seu corpo estava tão pesado; a cabeça devia pesar uma tonelada. Sabia que estava afundando na água, naquele rio lindo que cruzava a ilha... onde... Jer...

– *Nicki?*

Afundava devagar, como Ofélia, lírios e azevinhos amarrados ao seu cabelo. Mais fundo, mais fundo, a água acariciando seu queixo; mais fundo, até seu lábio inferior...

Ela devaneava enquanto homens entoavam palavras sagradas e Eli sussurrava para ela...

...e as águas encontraram o seu lábio superior. Através das pálpebras, de um jeito mágico, percebeu que alguém estava de pé, ao lado da banheira, e falava numa língua que ela

Maldição

desconhecia, mas, como acontece em sonhos e encantamentos, compreendia:

– Acorde, Nicole. Acorde ou você irá morrer.

Mas Nicole não conseguia se mover. Uma fadiga estranha tomara conta de seu corpo. Sentia-se afundar mais e mais... a água era tão quentinha, tão convidativa... e ela estava tão, tão cansada...

... *de viver...*

A voz suave da mulher disse, assustada, na mesma língua estranha.

Ah, é francês arcaico, Nicki se deu conta:

– A maldição é a água...

QUATRO

LUA DE NEVE

☾

Prepare-se, Confraria Deveraux,
Para deitar vingança sobre todos os seus inimigos.
Cuidado agora que planejamos o pior.
Pense e esquematize, reze e amaldiçoe.

Juntemo-nos sob os céus,
Sua escuridão refletida em nossos olhos.
Descansem e planejem a tomada
Da confraria Deveraux.

Holly e Amanda: Seattle, Outubro

Holly e Amanda se revezavam na vigília a Richard, que dormia profundamente, roncando, entregue ao estupor da bebida. Não sabiam o que fazer com ele e ligaram para o celular de Tante Cecile para pedir ajuda. Ela viera de imediato, trazendo Silvana a reboque.

As sacerdotisas do vodu chamaram por *loa*, os deuses também capazes de possuir as pessoas, e eles as aconselharam a deixá-lo trancado no quarto dele até que um exorcismo pudesse ser feito. Como Richard não tinha sangue bruxo correndo em suas veias, Tante Cecile concluiu que Michael fora capaz de possuí-lo porque andava muito enfraquecido

Maldição

pela bebida. Era fato sabido nos círculos ocultos que pessoas em estado alterado de consciência são mais fáceis de invadir do que aquelas que mantêm o estado de alerta. Os praticantes da tradição antiga – druidas, pagãos, xamãs, cultuadores dos mistérios dos oráculos, até mesmo os cristãos antigos – deixavam-se tomar por espíritos e deuses por meio de potentes ervas, alimentos, mesmo com dor.

Mas Richard era outra história.

– Michael poderia forçá-lo a ferir vocês – disse Tante Cecile para as meninas, na sala também com sua filha, Silvana.

Amanda concordou, sofrida. O coração de Holly sentia pela prima. Ela tem passado por tanta coisa.

Então, Amanda murmurou:

– Ele já nos machucou. Não fez nada quando a mamãe... quando ela precisou de alguém mais forte.

Holly e Silvana trocaram olhares chocados.

– Amanda, você não pode culpar o seu pai pela sua mãe... pelo fato de ela ter tido um... ter se envolvido com Michael Deveraux. – Não conseguiu dizer a palavra "caso".

Silvana interveio:

– Pelo amor de Deus, Amanda. O Michael Deveraux enfeitiçou a sua mãe!

Amanda cerrou os punhos.

– Ele não precisou de feitiço. Ela teria... – Respirou fundo. – Meu pai não sabe disso, mas o Michael não foi o primeiro.

– Ah, Mandy, não – disse Holly, baixinho.

– Sim. *Sim*. – Amanda levou a ponta dos dedos à testa. – Encontrei outros diários dela depois do enterro. Li todos, depois os queimei. Mas o papai conseguiu ver o último antes de mim. Era o que falava do Michael.

As outras ficaram sem palavras. Holly pensou nos seus pais e na infelicidade dos dois. *Será que um deles também traía o outro?*

Não suportou esse pensamento.

De repente, um trio de gritos agudos cortou o silêncio. Eram as gatas, gemendo de terror, as três descendo as escadas e atravessando a sala em correria, e Bast depositou um pássaro morto aos pés de Holly. Era grandinho, grande demais para ser derrubado por uma gata do tamanho de Bast, penas muito negras e brilhantes. Um rastro de sangue saiu de seu peito, manchando o tapete. Caído de lado, um dos olhos sem vida encarava Holly.

Amanda e Silvana deram um pulo, e Tante Cecile inclinou o tronco sobre o pássaro, murmurando um encantamento. Do bolso do jeans, tirou uma garra de galinha e levantou-a acima do corpo, depois em volta. Silvana se juntou a ela. Falavam uma língua que Holly não conhecia, mas esta pegou a mão de Amanda e disse:

– Dentro e fora, nossos guardiães esperam. O círculo não pode ser desfeito.

Amanda se juntou à prima:

– Irmãs bruxas nós somos, fortes de espírito, fortes de coração; demandamos a proteção da Deusa; somos suas filhas da Lua.

Houve um ruído na chaminé, como se pássaros tentassem fugir por ali; Bast se enroscou no colo de Holly, subiu nas patas traseiras e levou as dianteiras ao peito de Holly.

Maldição

Seus olhos amarelos encararam a menina. Holly devolveu o olhar. Hecate miou com melancolia, várias vezes.

Uma onda gelada tomou conta do ambiente; Holly quase sentiu uma mão em seu ombro e se sobressaltou. Tante Cecile encarou-a cuidadosamente e disse:

– Ela está entre nós.

– Ela? – perguntou Holly.

Tante Cecile encarou Amanda, que olhou em volta e gemeu:

– Mãe?

– Não, Amanda – respondeu Tante Cecile, triste. – Isabeau.

Holly perdeu o ar. Amanda fez um gesto de compreensão desapontada, mas se concentrou na tarefa diante de si e respirou fundo. Sussurrou:

– Que assim seja.

– Ignorem o pássaro, meninas. Façam um círculo comigo – disse Tante Cecile.

O trio se afastou do sofá e se aproximou da lareira. Quando Cecile se abaixou e colocou toras de madeira no local adequado, disse para Holly:

– Acenda o fogo, querida. Está frio.

Holly fez que sim. Encontrou um lugar dentro de si e o encheu de calor e das cores do fogo, imaginando-o, laranja, amarelo, as labaredas vermelhas, sentiu o cheiro da fumaça. Disse em latim:

– *Succendo aduro!* – E o fogo se acendeu.

Ninguém se surpreendeu. Holly já era capaz de gerar fogo havia meses. Já o Fogo Negro era outra história.

Não sei o que alguém precisa ser ou fazer para criar o Fogo Negro, pensou, *nem tenho certeza de que quero saber.*

Apesar de as outras terem se iluminado ao sinal do fogo, Holly não sentiu nenhum calor dele. Ela ficava cada vez mais gelada, e o frio penetrava seus ossos.

– Holly, tem um brilho azul em volta da sua cabeça. – disse Amanda.

– Também estou vendo – confirmou Silvana.

Ela olhou para suas mãos; não estavam brilhando. Então, de repente, foi como se alguém abrisse um pequeno buraco no centro do seu crânio e derramasse uma gelatina gelada ali dentro. A sensação escorria pela sua cabeça, causando-lhe uma dor fria, quase congelando seu rosto. Sentiu-se mais lenta: a respiração, as batidas do coração, os pensamentos. Percebeu que as outras três haviam se agrupado, e alguém a empurrava gentilmente até uma cadeira. As outras colocaram as mãos sobre sua cabeça e Tante Cecile começou a falar em francês.

Holly notou que respondia, na mesma língua.

– *Je suis... Isabeau.*

Então, Holly parou de acompanhar o que estava acontecendo; ficou vagamente alerta, fora de órbita, mas sua atenção estava em uma imagem na sua mente: uma bonita mulher – sua ancestral, Isabeau – em um abraço apaixonado com Jer... não, não Jer Deveraux, mas o ancestral dele, Jean, marido de Isabeau... *eles estão no leito conjugal... As cortinas são vermelhas e verdes, as cores dos Deveraux; visco e carvalho entrelaçados em toda parte; era como uma floresta; ervas queimavam na lareira*

Maldição

num ritual de fertilidade. A Lua estava cheia; o coração dela estava cheio, assim como o dele. Haviam encantado um ao outro; a paixão se acendera; estavam desesperadamente apaixonados... um amor não esperado... não bem-vindo...

– ... *ainda assim, nos amamos* – pensou Isabeau dentro da cabeça de Holly. – *Somos inimigos mortais, totalmente preparados para o outro nesta cama; se ele não...*

Então, a imagem ficou borrada, como se alguém tivesse mudado o canal.

Agora Holly estava de pé em um banheiro estranho, olhando com calma para Nicole, cuja cabeça acabara de afundar na água. Bolhas subiam à superfície.

– *Aidez... la Nicole* – disse Isabeau dentro da sua cabeça. – Tentei acordá-la, mas ela não consegue me escutar. Mas conseguirá ouvir você, Holly. Acorde-a!

Mais bolhas na superfície da água.

– Nicole! – gritou em voz alta. – Nicole, acorda!

A cabeça de Nicole emergiu; a jovem olhou em volta, assustada.

A sensação de frio logo se dissipou, e Holly percebeu a presença das outras três mulheres na sala, os seus rostos repletos de preocupação.

– O que foi? O que aconteceu com a Nicole? – gritou Amanda. – Cadê a minha irmã?

– Isabeau – comandou Tante Cecile –, fale conosco.

Não houve resposta. O ambiente estava quente para ela, sentia-se só e muito tonta.

Isabeau fora embora.

Holly disse:

— Sou só eu, agora. — Respirou fundo e contou o que vira.

Amanda agarrou Holly pelos ombros. Seu rosto estava contorcido de terror, as feições endurecidas, os olhos arregalados.

— Nicole acordou, certo? Está tudo bem com ela?

— Acho que sim — disse Holly, com sinceridade.

— Nenhuma pista de onde ela estava? — inquiriu Tante Cecile.

Holly balançou a cabeça.

— Desculpa. Só consegui ver que era um banheiro.

— Não precisa se desculpar — disse Silvana. As contas prateadas do cabelo eram iluminadas enquanto sacudia a cabeça. — Você provavelmente salvou a vida da Nicole.

Holly confirmou:

— Sinto isso. Tenho certeza. — Fez um gesto na direção do pássaro morto, apontou para ele e murmurou um ligeiro encantamento de levitação. Como se erguido por mãos invisíveis, o pássaro inerte flutuou até a lareira. Então, foi lançado ao fogo.

Ele pegou fogo e foi depressa consumido pelas chamas.

Então, uma a uma, as gatas se aproximaram e se juntaram ao círculo: a gata de Holly, Bast; a adorada de Amanda, Freya; e a Hecate de Nicole. Todas com nomes de deusa, todas mais do que simples gatas.

— Graças a você, Bast — disse Holly. — Você pegou um inimigo.

A gata piscou para ela e começou a ronronar. As outras duas se sentaram ao lado de Bast e olharam, com expectativa, para Holly.

Maldição

– Suas familiares estão esperando você dizer o que elas têm que fazer – disse Tante Cecile a ela.

Holly e Amanda se entreolharam, depois olharam para as gatas. Amanda disse:

– Patrulhem a casa. Matem os inimigos que encontrarem.

– Boa ideia. E também devíamos... – disse Holly à prima.

Sentiu uma contração aguda. Seus olhos reviraram e ela caiu.

Começou a debater-se incontrolavelmente, sacudindo braços e pernas. Ouviu Amanda gritar seu nome, ouviu Silvana e a tia berrando em francês.

Então, começou a se debater debaixo d'água. Estava de volta ao Grand Canyon, revivendo o acidente, agarrando-se às sobras do bote. Sabia, no fundo da sua alma, que nas imediações seu pai já estava morto, sua mãe não tinha mais que alguns segundos de vida e que Tina seria a última a sucumbir, resistindo quase um minuto a mais do que Ryan, o guia, que estava neste momento perdendo a consciência. E ela se afogava.

Então, a luz azul se materializou, como antes, e tomou a forma de Isabeau, flutuando ao redor dela, os dedos dormentes tentando desatar o cinto...

... e sua voz tomou conta da mente de Holly mais uma vez: *é a maldição dos Cahors,* ma chere *Holly. Aqueles que amamos morrem na água, não nas chamas. Morrem afogados.*

Foram os Deveraux que nos amaldiçoaram. Eles nos perseguem ao longo dos tempos, tentando nos matar. Você precisa sobreviver. Precisamos encerrar essa vendeta... para sempre.

No chão, Holly tentava desesperadamente respirar, sugava o ar com avidez e começou a tossir.

Tante Cecile bateu nas suas costas; água saiu da sua boca, e as outras duas meninas gritaram.

Amanda foi parar ao seu lado num instante. Pegou as mãos de Holly e disse:

— Seus dedos estão molhados.

Holly deixou escapar:

— Amanda, nós somos amaldiçoadas. As pessoas que amamos morrem afogadas. É a maldição dos Cahors. — Enterrou o rosto nas mãos. — Matei os meus pais com o meu sangue de bruxa. Porque sou amaldiçoada!

— Silêncio agora — ordenou Tante Cecile. — Você não matou ninguém.

— Mas é verdade — insistiu Holly, tirando as mãos do rosto. — Isabeau me contou. — Agarrou Amanda. — O que vamos fazer?

— Vamos usar esse conhecimento, vamos trabalhar a partir dele. — Tante Cecile se adiantou. Seu rosto estava sombrio. — Silvana, pegue uma bacia d'água na cozinha. Se é assim que eles jogam, assim nós vamos jogar. Vamos afogar o que quer que esteja possuindo Richard Anderson.

Foi um trabalho exaustivo, feito no calor de nervos à flor da pele.

As quatro se juntaram no quarto onde haviam amarrado o inconsciente Richard à cama. Silvana acendeu velas e tocou um pequeno gongo. Tante Cecile cantou e falou com os *loa*. As gatas se juntaram a ela, uivando. Então, algo escuro flutuou para fora do corpo dele e, sob as instruções de Tante Cecile, Holly agarrou a forma com as duas mãos e as enfiou dentro da bacia d'água.

Maldição

A forma escura se debateu nas suas mãos e depois ficou inerte. Ela a largou: era uma criatura estranha, minúscula, que lembrava a Holly uma mistura de sapo com elfo.

– É um diabrete – disse Tante Cecile, com satisfação. – Você o matou.

Holly fez que sim, quase sem forças. A pedido de Tante Cecile, arrastou-se até a cama.

O sono chegou depressa para Holly, mas o esquecimento que vem com o descanso foi curto. Logo, sonhava, e se via mais uma vez de pé, no quarto com Jer. Tentava falar com ele, mas as palavras não saíam da sua boca, e ele se mantinha encurvado, dormindo. Por um minuto, ela observou o subir e descer do seu peito, desejando que ele acordasse e a visse.

Sem efeito.

De repente, uma mão esfregou sua nuca. Ela deu um pulo e virou o corpo, com o coração acelerado, preparada para lutar.

Uma mulher de vestido branco estava ali. Seu cabelo ruivo caía em cachos até os joelhos. Seu rosto era lindo de um jeito sobrenatural, mas seus olhos desesperados e tristes encaravam a alma de Holly.

Balançou a cabeça devagar, como se quisesse silenciar as perguntas não pronunciadas de Holly. Então, ergueu uma das mãos e pediu que a menina a seguisse. Holly atravessou com ela a parede da cela, depois, seguiu-a durante o que lhe pareceram séculos, por corredores iluminados apenas por tochas esporádicas.

Nem os passos da mulher nem os de Holly faziam ruído ao pisarem no chão de pedra, e o silêncio a enervava. Por fim, Holly se esforçou por fazer algum som, tentou pigarrear, querendo romper o silêncio que pesava sobre ela. Sentiu a garganta travada e começou a ter medo. Precisava falar, dizer alguma coisa...

A mulher se virou e levou um dedo pálido à sua boca. Mais uma vez, sacudiu a cabeça e, devagar, apontou para uma alcova escura na parede. Holly não conseguia ver nada naquela escuridão e, enfim, balançou a cabeça em negativa, frustrada. A mulher voltou para perto dela e fez um gesto para que Holly fechasse os olhos. Quando a menina o fez, os dedos da mulher pressionaram suas pálpebras.

Quando o seu toque se foi, Holly abriu os olhos. Sua visão estava mais aguçada, clara, e dentro da alcova viu duas bestas enormes, encarando-a sem piscar. Deu um passo atrás, mas a mão da mulher segurou o seu braço. Apontou para os animais, depois para os próprios olhos e fez um sinal negativo.

Por algum motivo, as bestas não podiam vê-las, mas o que Holly enxergou nelas a deixou aterrorizada. Eram tão grandes como um leão, mas tinham o formato geral de cães. Seus olhos eram vermelhos e brilhantes, o pelo marrom eriçado como espinhos. Os caninos mediam três centímetros e saliva pingava de modo constante de suas bocas. *Caçadores do inferno*, pensou Holly, com um tremor. *Eles não podem me ver, mas devem conseguir me ouvir.*

A mulher se virou e começou a caminhar, Holly seguindo-a apressada. Ao final, passaram por um quarto, e a mulher parou. Virou-se devagar para Holly e moveu o braço, como se exibindo o quarto para a menina. Holly olhou em volta e a sua nova visão lhe mostrava tudo em riqueza de detalhes.

Maldição

Garrafas com líquidos de aparência estranha preenchiam prateleiras poeirentas. Ainda mais garrafas e frascos empilhavam-se em seis mesas de trabalho. Manuscritos antigos, escritos em várias línguas diferentes estavam expostos em toda parte. No meio de uma das mesas, um chapéu comprido e pontiagudo com estampa de estrelas destacava-se.

Sentiu um sorriso aparecer espontaneamente no seu rosto. Parecia aquele chapéu do Mickey como o Aprendiz de Feiticeiro. Ela foi em frente para tocar no chapéu, tentando segurar o riso. Seus dedos estavam a um centímetro do objeto quando a mulher segurou seu pulso com força.

Holly segurou uma exclamação de dor ao olhar para a outra mulher. Um alerta estampava os olhos desta, que sacudia a cabeça com violência. Intrigada, Holly virou-se de costas para olhar o chapéu. As estrelas estampadas nele ganharam vida, de repente, brilhando e dançando sobre o objeto num caleidoscópio enlouquecido. Calor saía da sua superfície, e Holly depressa afastou a mão.

Encarou-o, cheia de questionamentos, enquanto o chapéu voltava à sua forma inanimada de antes. *O que teria acontecido se eu tivesse tocado nele?* Podia sentir o poder emanando dele, agora; estava muito encantada antes para perceber. A mulher deu um meio-sorriso antes de estender a mão em direção a uma das paredes.

Holly seguiu o olhar dela até algo velho e manchado. Parecia um pergaminho antigo, ou talvez fosse um pedaço de couro, coberto de símbolos e letras de um cinza desbotado.

É um mapa.

Foi tomada por uma onda de excitação.

Lua de Neve

Ela está tentando me dizer onde o Jer está!

Vasculhou as palavras; todas estavam em latim e não reconheceu a localização no mapa. Frenética, examinou as formas e amaldiçoou o seu professor de geografia por ser tão chato que a fizera dormir durante todas as aulas.

Ali!

Havia uma pequena ilha marcada com um X. Encostou o dedo no mapa e olhou intrigada para a mulher.

A aparição fez um gesto afirmativo. Holly voltou ao mapa, procurando desesperadamente algo que reconhecesse. Outra ilha, bem maior, parecia próxima; seu formato aguçava a memória de Holly.

Inglaterra! Só pode ser.

Triunfante, voltou-se para a mulher e a flagrou olhando em direção à porta do outro lado do cômodo, com expressão assustada.

Alguém está se aproximando. Também sinto.

Na mesa, o chapéu começou a brilhar...

Com medo quase palpável, a mulher acenou com a mão e tudo ficou preto. Então, alguém entrou gritando:

– Sasha!

Holly deu um berro e se aprumou.

Amanda adentrou o quarto, olhos esbugalhados, o cabelo eriçado. Agarrou Holly pelos ombros e a sacudiu.

– Holly, tudo bem com você?

Holly conseguiu dizer que sim e se recompôs, limpando as lágrimas do rosto e tentando engolir o nó que tinha na garganta. Incapaz de falar, fez um gesto pedindo um copo d'água, e Amanda deixou o quarto. Esta voltou em segundos

Maldição

com um copo para a prima. Holly bebeu, grata, enfim suavizando a sensação na garganta.

Então, Holly olhou para Amanda a fim de contar-lhe sobre o seu sonho e prendeu a respiração. O rosto da prima pareceu-lhe enorme. Podia ver cada marquinha na pele, distinguir claramente cada mecha de cabelo. Piscou várias vezes, desejando que a visão ampliada se fosse.

Mas ela permaneceu. A menina gemeu e se afundou de volta no travesseiro, fechando os olhos.

– O que foi? – perguntou Amanda, mais calma agora.

– Tive um sonho. Havia uma mulher. Alguém... uma parente, eu acho.

Amanda pareceu preocupada.

– Isabeau?

Holly balançou a cabeça.

– Não. Não sei quem ela é. Ela me levou a um quarto onde tinha um mapa antigo. Encontrei uma ilha nele e era perto da Inglaterra.

Holly arriscou-se a abrir os olhos. A expressão no rosto de Amanda era confusa.

– Espere aqui – murmurou ela, levantando-se de novo.

– Com certeza – respondeu Holly, fechando mais uma vez os olhos. Sentia-se zonza e enjoada, tão desorientada como se a cama balançasse. Quase inconscientemente, procurou por Bast, que se levantou ao pé da cama e saltou para perto de sua dona.

Amanda tinha saído havia algum tempo. Holly começou a devanear. Bast enfiou-se debaixo do seu braço e começou a ronronar.

Lua de Neve

Holly sentiu-se um pouco melhor e sussurrou:
— Valeu, minha gatinha.

Bast pressionou seu nariz no rosto de Holly.

— Desculpa — disse Amanda ao voltar, indo direto até a cama.

— Cadê Tante Cecile e Silvana? — perguntou Holly.

— Voltaram para casa — respondeu Amanda. — Tante Cecile queria conferir seus talismãs.

— E o seu pai?

— Ainda está dormindo — disse Amanda. — Ou desmaiado. Não sei qual a diferença quando se está bêbado. — Soou um tanto amarga. Depois, foi mais suave: — Enquanto isso, geografia. Achei um atlas antigo da época do colegial. Quem diria que um dia eu ia usar isso?

— Nem me fale — respondeu Holly, abrindo discretamente um dos olhos.

Pôde ver a textura do papel quando Amanda enfiou o atlas debaixo do seu nariz. Gemeu e tentou concentrar-se nas figuras. Lá estava a Inglaterra.

— Conseguiu encontrar a ilha que você viu?

— Não — confessou Holly, sabendo que não podia usar como desculpa o fato de a imagem ser pequena. — Mas era bem ali. — Disse, apontando para o lugar de que se lembrava.

Amanda fechou o livro.

— Holly, foi só um sonho.

— Não, não foi.

— Tudo bem, imagino que não. Você disse que era um mapa antigo. Talvez a ilha não exista mais.

Holly franziu o cenho, confusa.

– Você está dizendo que ela pode ter afundado ou coisa do gênero? Feito Atlântida?

Amanda encolheu os ombros.

– Pode ser. Se for mágica.

Holly abriu de novo o livro, os olhos apenas um pouco abertos. Encontrou a página e a olhou fixamente.

– Talvez ninguém consiga ver a ilha – disse devagar. – Talvez tenha sido esquecida. – Forçou a visão, tentando fazer com que terras escondidas se revelassem para ela.

– Mas... fazer com que desapareça do mapa? Não é muito provável.

– "Oculto" significa escondido – lembrou-a Holly.

Bast tocou no seu braço, e Holly bocejou enquanto seus olhos se fechavam. Podia sentir o sono dominá-la; não tinha mais forças para resistir.

Pegou no sono e nem percebeu a saída de Amanda.

Manhã.

Nada de sonhos.

Bast desaparecera, e Holly levantou da cama. Agora, de pé diante do espelho do banheiro, olhos semicerrados para evitar enxergar os próprios poros, Holly sabia o que tinha de fazer. Penteou o cabelo para trás, prendendo-o com o pregador prateado celta e saiu do banheiro. Desceu, ensaiando o que diria para Amanda.

No andar de baixo, encontrou a prima tomando café da manhã. Amanda olhou para ela.

– Você dormiu à beça – comentou Amanda. – Protegi o papai e conferi todos os talismãs de proteção da casa. – Seu olhar vagou na direção do quarto do pai, no andar de cima.

Holly pegou uma tigela e se juntou à prima, na mesa.

– Tem uma coisa estranhíssima acontecendo com a minha visão – contou para Amanda. – Como se eu visse tudo com um zoom superpotente. Isso não é nada divertido.

– Podemos fazer uma magia – sugeriu Amanda.

– Depois que eu comer alguma coisa – respondeu Holly. – Estou um pouco enjoada.

– Teve mais algum sonho?

– Não – admitiu Holly. Colocou o leite na tigela, olhou e afastou-a. Sabia que não conseguiria comer. – Mas andei pensando no outro que tive.

Algo no seu tom deve ter alertado Amanda, porque a menina olhou para ela, cheia de suspeitas.

– Por que será que tenho a sensação de que não vou gostar disso?

Holly cruzou as mãos sobre a mesa.

– Amanda, vou encontrar o Jer.

Amanda pegou o seu copo de suco de laranja e bebeu devagar. Quando terminou, baixou o copo fazendo um grande ruído. Encarou Holly, e esta estreitou os olhos para evitar enxergar as veias dentro dos olhos da prima.

Amanda falou com voz calma e firme:

– De jeito nenhum.

– O quê?

– Michael pode atacar de novo, a qualquer momento, e temos que nos preparar, o que significa não poder sair procurando pelos quatro cantos.

Holly respirou fundo.

– Tenho que encontrar o Jer. Ele está vivo em algum lugar e tenho que ir atrás dele.

Amanda não fraquejou.

– É você ou Isabeau que está falando?

– Sou eu – disse Holly, começando a se exaltar. – O Jer nos ajudou a escapar do pai dele e pode ajudar de novo.

– Então, é um gesto altruísta? – perguntou Amanda, com sarcasmo. – A Nicole já está desaparecida e você quer salvar o filho do Michael Deveraux pelo bem da confraria, o bem contra o mal.

– Exatamente – concordou Holly.

– Mentirosa.

A palavra ficou no ar entre as duas. Holly sentiu o rosto corar ainda mais. Não sabia o que a deixava mais irritada: a acusação ou o fato de ela ser verdade. Levantou-se devagar, sentindo um formigamento elétrico nas pontas dos dedos.

– Vou fazer isso e não preciso da sua permissão. – Virou-se para sair.

Amanda ficou de pé.

– Holly, você já parou para pensar que Michael pode estar fazendo isso deliberadamente para nos dividir? Estamos mais vulneráveis sem a Nicole. Se você for, vai nos enfraquecer ainda mais. Pelo que sabemos, o Jer morreu. Como ele pode ter sobrevivido ao Fogo Negro? Nós duas o vimos sendo queimado.

Holly socou a mesa, tomada pelo desespero.

– E de quem foi a culpa? Estávamos bem antes de você me afastar dele!

– Você pirou? – perguntou Amanda, começando a gritar. – O prédio estava caindo; o fogo ia devorar tudo. O que eu devia fazer? Deixar você para trás?

Lágrimas rolaram no rosto de Holly.

– Teríamos ficado bem, a magia que compartilhamos...
– É a mesma que Isabeau e Jean compartilham – cortou-a Amanda. – Não tem nada a ver com vocês dois. Vocês são só hospedeiros desavisados. Foi assim naquela noite, e é isso que eles querem, de novo. Usar você, os dois, no balé maluco deles.

Holly flexionou a mão e faíscas saíam da ponta dos seus dedos.

– Jer e eu temos a nossa própria magia, e isso não tem nada a ver com eles.

– Tem certeza? – atacou Amanda. – Ou isso é só porque você tem tesão num Deveraux?

– Mas eu sonhei...

– Às vezes, um sonho é apenas um sonho! – gritou Amanda. – Nem todos os seus sonhos querem dizer alguma coisa! É só porque você é louca por ele, Holly! Se toca!

– É? Então por que eu tenho agora a visão do Super-Homem?

Houve uma pausa confusa por parte de Amanda. Relutante, ela disse:

– Ok. Isso eu não sei.

Holly respirou fundo.

– No meu sonho, a mulher tocou nos meus olhos, e comecei a ver tudo com mais clareza. Como se conseguisse enxergar tudo. E "enxergo" que tenho que ir atrás dele. – Pegou a caixa de cereal e a jogou nos braços da prima. – Vai para lá – ordenou à prima.

Amanda estudou a menina por uns instantes. Depois, cruzou a cozinha. Segurou a caixa na direção de Holly, do outro lado do cômodo.

– Leia os ingredientes para mim.

Holly concentrou-se na caixa e começou a listar os ingredientes:

– Arroz, açúcar, sal, xarope de glicose de milho, aroma de malte.

Devagar, Amanda retornou até a mesa e colocou a caixa de cereal de volta. Olhou Holly nos olhos; Holly esforçou-se para não apertá-los. Suspirou e se sentou de novo.

– Que diabos é aroma de malte?

Holly deu de ombros.

– Como é que vou saber? Pelo menos você viu que eu não estava mentindo.

Amanda obviamente queria evitar esse ponto.

– Mesmo assim, Holly, não quero que você vá atrás do Jer agora. Paciência. Vamos encontrar uma solução.

– Não posso ter paciência. Jer talvez não tenha esse tempo todo – disse Holly baixinho.

Virou-se e saiu da cozinha. Não havia sentido em continuar a discussão.

As duas estavam decididas.

– Você não pode me deixar sozinha aqui! – gritou Amanda. – Ele vai nos matar, Holly! Ele só está usando você!

Ferida, Holly apressou-se até o seu quarto, bateu a porta, pegou um vaso na mesinha de cabeceira e o jogou no outro lado do quarto.

Tommy.

Amanda pegou a bolsa e saiu porta afora, respondendo ao gesto de Holly – *droga, ela provavelmente quebrou o vaso. Tudo bem; era feio mesmo* – e já estava na porta do carro quando se deu conta de que o pai ainda estava lá em cima, bêbado ou sei lá o quê.

Holly pode dar conta dele, pensou.

Telefonou para Tommy enquanto fazia as manobras para sair de casa e foi tomada de alívio quando ele atendeu.

– Alô?

– Sou eu – disse ela – e está tudo uma loucura. – Começou a chorar. – Tommy, estou com tanto medo, e odeio isso, mas ela está falando em nos largar...

– Half Caff – interrompeu-a. – Ia sugerir para você vir para cá, mas meus pais estão dando uma festa de arrecadação de grana para o partido democrata, sei lá, e não teríamos privacidade. Esses liberais estão me cercando com os seus casacos de pele e pedindo para eu votar numa emenda sobre limpeza da água.

Apesar do mau humor, ela riu. Tommy Nagai era seu melhor amigo desde sempre. Em todo tipo de situação, ele estivera ao seu lado. Sentia-se mal por terem se afastado um pouco, agora que a magia ocupava tanto espaço em suas vidas.

– Sei que não é seguro estarmos em público, mas colocamos todo tipo de talismã protetor no Half Caff, não foi? E já que Eli e Jer estão sumidos, acho que é bem seguro. Michael é muito velho para conhecer o lugar, a menos que os filhos tenham mencionado. E o meu palpite sobre aquela família é que eles não batem papo na hora do jantar, com coisas do tipo "Você gostaria de saber como foi o meu excitante e divertido dia?".

Pareceu bom, tão normal, ouvi-lo falar sem parar e saber que mais uma vez ele seria um príncipe na sua vida.

– Vou para lá. – disse ela.

– Mal posso esperar, Amanda – respondeu ele.

Amanda.

Maldição

Tommy penteou o cabelo no banheiro masculino do Half Caff. Parecia bem... e, se você gosta de americanos de origem asiática, ele estava muito bem. Desculpara-se e deixara a festa dos pais depois de apontar para uma janela e dizer para alguns convidados que, já que começara a chover, haveria bastante água limpa pelo menos por hoje, portanto, seu trabalho ali estava encerrado. Os convidados riram, deliciados.

Tommy sabia entreter as pessoas.

E acho que aqui está ok, pensou, ao adentrar o bar barulhento que era o principal ponto de encontro da juventude de Seattle. Era um café, decorado com estátuas gigantes de mármore, murais de florestas e uma varanda de onde ele e Amanda haviam espionado vários amigos e inimigos do colégio. O primeiro ano de faculdade andava muito mais pesado, graças a Michael Deveraux; pelo menos Tommy havia conseguido manter suas notas, e isso porque assim seria mais fácil do que lidar com a pressão que os pais fariam caso caíssem.

Subiu os degraus até a varanda e encontrou uma mesa *a deux* – uma coluna de gesso com um tampo redondo de vidro. A chuva fazia com que o interior ficasse sombrio, então os funcionários haviam acendido velas, colocadas dentro de pequenas abóboras em cima de todas as mesas. Quase todo mundo ali vestia algum adereço de Halloween – brincos de caveiras, camisetas com motivos sanguíneos –, e Tommy sentiu saudade dos velhos tempos, quando ele e Amanda eram excluídos sociais, Nicole uma esnobe insensível, e ele tinha vontade de sacudir Amanda e dizer "Quero que você seja minha namorada e não minha melhor amiga".

Lua de Neve

Ah, a juventude.

Seu garçom, vestido de conde Drácula, perseguira-o até que pedisse coisas que sabia que Amanda gostaria: chai latte e rolinho de canela. Então, o garçom ficou feliz, colocou na mesa dois copos d'água e deixou Tommy em paz, esperando por Amanda.

E lá estava ela.

Apressada, parecendo nervosa, fechou o guarda-chuva enquanto sacudia gotinhas do seu cabelo castanho-claro cacheado. Não o cortava havia um bom tempo – não tinha tempo, já que bruxos andavam querendo matá-la –, e ele gostava da moldura suave que os cachos davam ao rosto dela.

Amanda o viu, acenou e subiu a escada. Abraçaram-se, porque sempre o faziam, mas, agora, Tommy sustentou o gesto por um pouquinho mais de tempo.

Ela começou a chorar no ombro dele. Alarmado, afastou-a e percebeu que ela queria que ficasse onde estava; Tommy pôs os braços em volta dela, dizendo:

– Shh, shh, calma. Pedi um rolinho de canela para você.

Ela riu baixinho e se sentou.

Ele ficou triste com isso, mas puxou a própria cadeira e ergueu a sobrancelha, pronto para escutá-la.

– Ela quer ir embora. Teve um sonho. Jer está numa ilha, e ela quer ir atrás dele – disse Amanda num fôlego só.

– Uma ilha – repetiu ele.

Ela revirou os olhos.

– Na Inglaterra, ou em algum lugar perto da Inglaterra.

– Ah. – Ele cruzou os braços. – Porque há algumas por lá. As ilhas Orkneys, ou até a própria Bretanha e...

Maldição

— E tem bruxos tentando nos matar, e ela só consegue pensar no amor da vida dela, que também é um bruxo.

— Os filmes de hoje em dia... – disse ele, suave quando o garçom trouxe os pedidos.

— É... – respondeu ela, compreendendo a atitude dele.

Esperaram até que as coisas fossem colocadas sobre a mesa. Então, Amanda recostou na cadeira e suspirou pesadamente.

— Esse sonho... – divagou ele.

— Ele está preso ou alguma coisa assim. Eu não sei. Ela não pode nos deixar aqui. Seremos massacrados.

Ele concordou, mas não disse nada. Apenas deixou-a falar.

— Não é justo, não está certo, e acho que devíamos dizer a Holly que ela não pode ir. Ela é nossa Sacerdotisa-Mor, pelo amor de Deus!

— Ainda o mesmo filme... – disse ele quando o garçom voltou para completar os copos com água.

Para sua surpresa, Amanda caiu na gargalhada. Segurou a sua mão esquerda, apoiada inocentemente na mesa, e disse:

— Ah, Tommy, eu amo tanto você!

Seu coração parou momentaneamente de bater. *Ah, se fosse verdade*, disse em silêncio para ela. *Amanda, um coração verdadeiro jamais bombeou tanto oxigênio nas células...*

Pegou sua xícara e disse:

— Devemos fazer um círculo. Falar com ela. Você está certa: ela não pode agir como se não fizesse parte de algo maior. Já nos aborrecemos o bastante com a Nicole.

Amanda soltou a mão de Tommy, e ele lamentou isso. Mas os olhos dela agora apresentavam algo novo, como se o enxergassem de maneira diferente, e ele ousou ter esperanças...

... como esperava havia dez anos...

– Você tem razão. Devemos fazer um círculo. Ah, Tommy, o que seria da minha vida sem você? – disse ela, fazendo biquinho.

Ele sorriu.

– Não vamos tentar descobrir.

Os lábios dela se curvaram; suas bochechas coraram e, sim, havia definitivamente algo novo em seus olhos.

– Não vamos – concordou ela.

Michael: Seattle, Outubro

Era Samhain – Dias das Bruxas – e a campainha continuava tocando no andar de cima. Michael sabia que iria desapontar e confundir as crianças atrás de doce ou travessura; a casa dos Deveraux era um dos melhores lugares onde buscar doces. Com a intenção de manter boas relações com a comunidade, suas gostosuras eram as mais deliciosas.

Este ano, tinha coisas mais importantes a fazer na noite de um dos maiores sabás da Confraria.

No coração negro de sua casa – a câmara de encantamentos –, ele agora vestia seu manto de Samhain, decorado com pequenas abóboras vermelhas, folhas verdes e gotas de sangue, além de um arcano ritualístico especial: velas verdes e pretas, nas quais queimava cera de sangue humano; uma tigela de ritual de uma bruxa enforcada em Salém; e até mesmo um athame especial, presente do seu pai na primeira vez em que revivera um morto.

Observando os preparativos, o diabrete encarava Michael como fazem os diabretes. Michael respirou fundo, forçando-se a ter calma e concentração antes do ritual. Mas a excitação corria-lhe pelas veias. Depois de jogar as runas e ler as entranhas de vários pequenos sacrifícios, verificara a veracidade da maldição dos Cahors. Aqueles que amavam normalmente morriam por afogamento.

Tinha uma nova e maravilhosa ferramenta contra aquela família.

Cantando em latim, enfiou a mão em um tanque cheio d'água e pegou um filhote de tubarão pelo rabo. Ergueu a criatura sem ar sobre o altar e, com a outra mão, levantou sua faca.

— Ah, Deus Cornífero, aceite o meu sacrifício. Acorde os demônios e criaturas do mar para que me ajudem a destruir a família Cahors.

Esfaqueou o tubarão que se debatia e deixou que o seu sangue pingasse sobre as folhas e raízes secas no altar. Quando a criatura parou de se mexer, também deixou cair ali seu corpo sem vida. Pegou uma vela e queimou as ervas; em segundos, o corpo do tubarão começou a pegar fogo.

Michael inclinou o tronco à frente para inalar a fumaça. O cheiro era horrível, mas a sensação de poder era quase inebriante. Fechou os olhos.

— Que as criaturas do mar ouçam minha voz e me obedeçam. Matem as bruxas. Matem todos os Cahors sobreviventes.

Lua de Neve

"Que os demônios atendam ao meu pedido. Hoje, as bruxas Cahors devem morrer. *Emergo, volito, perficio meum nutum!*"

Na fumaça acima do altar, imagens apareceram devagar, ganhando luz... e realidade: em alto-mar, tubarões iam de um lado para o outro, como se sentissem cheiro de sangue na água. Moviam-se freneticamente em direção à praia.

Mais adiante, o oceano começou a ferver. Peixes mortos surgiram na superfície, completamente cozidos em segundos. As águas reviravam e, lentamente, das profundezas, algo foi acordado.

A coisa saiu de seu túmulo aquoso, faminta, em busca de algo. Cega por ter vivido tanto tempo na escuridão do fundo do mar, ainda podia sentir movimentos próximos. Tudo que era vivo fugiu, em pânico. Ela abriu a boca e expôs dentes horrendos, quebrados, cada um com quase trinta centímetros.

Escamas cobriam sua cabeça de enguia, e ela seguia em frente, buscando sua presa. Devagar, o seu corpo de serpente se desenrolou e pernas poderosas começaram a abrir caminho. Longos dedos de garras estragadas rasgavam a água a caminho da superfície, matando tudo no caminho.

Apenas os espíritos marinhos, navegando como fantasmas silenciosos, não fugiram dela. Em vez disso, gargalharam em silêncio, fazendo uma espiral a sua volta.

"Nesta noite de Halloween, uma baleia assassina virou um barco pesqueiro. Testemunhas nas proximidades viram a besta atacar a embarcação com força suficiente para virá-la. Os dois homens a bordo estão desaparecidos e não se sabe se morreram afogados ou foram mortos pela baleia. Em outro noticiário..."

Maldição

Holly desligou o rádio do carro.

Estacionou no precipício de onde gostava de observar o oceano. Saltou do carro, ainda estreitando os olhos. Dirigir fora um desafio com sua visão aumentada, mas achava que a sensação estava começando a diminuir.

Isso seria um grande alívio.

Suspirando, caminhou até a beira do abismo e olhou para as ondas. Algo estava errado. Havia um ponto escuro, não muito longe da praia; franziu o cenho e firmou seus olhos superpoderosos, tentando ver o que era. Uma barbatana subiu à superfície da água; depois outra e outra, até que ela viu dez delas: tubarões.

Eles entravam e saíam daquele ponto; com um tremor, Holly percebeu que talvez fosse sangue. Haviam matado alguma coisa e, pelo visto, era algo grande. Viu os predadores marinhos nadando em círculos, mergulhando e, apesar de estar sentindo medo e um pouco de repulsa, não conseguiu desviar o olhar.

Por fim, a atividade começou a diminuir e os tubarões se reuniram, nadando em direção à costa. O ponto específico ficou para trás, sem vir à tona, como uma sombra.

Seu celular tocou, e ela deu um pulo. Sua mão tremia um pouco quando tirou o aparelho da bolsa.

– Oi?

Era Amanda. Holly escutou parcialmente a prima enquanto observava as barbatanas se distanciarem devagar. A Confraria se reuniria para discutir o seu desejo de resgatar Jer.

– Tudo bem – disse, friamente. Estava na defensiva. *Eles não têm o direito de me impedir, porque é isso que eu tenho que fazer.*

— Vamos nos encontrar na barca para Port Townsend — continuou Amanda. Port Townsend era uma região de lindas casas vitorianas, do outro lado da baía.

— Barca? — perguntou Holly, a palavra adentrando os pensamentos de sua cabeça. — Mas, Amanda...

— Tante Cecile fez encantamentos de proteção. E ela disse que é o único lugar onde podemos discutir esse assunto com privacidade. *Ele* tem espiões em toda parte.

— Mas...

— Não tem mas nem meio mas, Holly — retrucou Amanda.

E desligou.

— Não é seguro — sussurrou Holly para o telefone. — Eu sei que não é seguro.

Quando Holly voltou andando para o carro, Michael olhou para a sua pedra premonitória e sorriu.

Sentado ao seu lado na câmara de encantamentos, o sorriso do diabrete se alargou. Ele abriu a boca e disse, numa imitação perfeita da voz de Amanda:

— Não tem mas nem meio mas, Holly.

Michael riu.

— Agora, imite a Tante Cecile.

— Você vai estar mais segura naquela barca, Amanda — imitou.

— Incrível. Perfeito. — Deu um tapinha nas costas da criatura.

Parte Dois
Lua Cheia

☾

"Quando a lua no céu está redonda e iluminada
O mal vem brincar de noite,
Bruxas se divertem e homens fazem festa
E criaturas deixam seus túmulos."
— Profecia druida

CINCO
LUA DO SILÊNCIO

☾

Homem Verde, escute a nossa prece,
Permita-nos o poder de que precisamos.
Na escuridão nos agachamos em espera
Ajude-nos a cultivar nosso ódio.

Deusa, ajude-nos na nossa demanda,
Impeça o descanso aos nossos inimigos.
No silêncio do ar parado deixe que escutem
Seus corações batendo em temor.

Confraria Cathers/Anderson: Seattle, Outubro

Kari franziu o cenho ao olhar para o relógio. Saía do apartamento, juntando as tralhas deixadas por aqueles que comemoravam o Halloween enquanto andava em direção ao estacionamento onde guardava seu carro.

Estava atrasada para pegar a barca onde o Círculo se reuniria. Ela e a Dama do Círculo haviam entabulado uma conversa eletrônica que Kari estava detestando interromper. As duas haviam passado menos tempo em contato desde que Kari se envolvera mais com a confraria. Era mais seguro assim, mas sentia falta das conversas com a outra mulher, portanto fora uma surpresa agradável ter recebido uma mensagem da Dama do Círculo uma hora atrás, dizendo "Como vai você?".

Pelo menos acho que é uma mulher. O problema da internet é que não se pode ter certeza.

Kari despejara a sua frustração em relação a Jer e Holly na Dama do Círculo: coisa de namorados, o "Bruxo" basicamente a abandonara, e o que ela devia fazer em relação a isso? Claro que não mencionara nada a respeito de magias, batalhas, vinganças de sangue, possessão ou Fogo Negro. Na verdade, conseguira deixar a magia quase de fora da conversa.

A Dama do Círculo perguntara algumas coisas sobre o Bruxo – como ele estava etc. –, e Kari escrevera em resposta: "Quem pode saber?"

O que era verdade.

Estava no estacionamento; o porteiro, vestido de vermelho demoníaco, dois chifres pequenos despontando no cabelo escuro, sorriu ao abrir o portão.

– Vai a alguma festa? – perguntou, puxando conversa.

– Vou – respondeu ela, distraída. – Festa. Ahã.

– Sem fantasia – insistiu ele.

– Eu vou de bruxa.

Ele balançou a cabeça.

– Você vai precisar de uma vassoura e um chapéu pontudo.

Ela olhou para o céu, desconfortável, procurando por falcões, em busca de arbustos queimados, não gostando nada daquilo. Lembrou-se das conversas que costumava ter com Jer, quando ainda era tola e ingênua: tentara de tudo para fazer com que se interessasse por ela e lhe mostrasse seus dotes mágicos. Implorara para que ele a deixasse ajudá-lo nos seus rituais. Era tudo tão excitante na época, sombrio e um pouco perigoso.

Bem, agora é muito mais perigoso, e não sei por quanto tempo ainda aguento isso. Nicole teve a brilhante ideia de sumir. Se não fosse a faculdade, eu também sumiria daqui num minuto.

Isso não era toda a verdade.

Ok, e se eu soubesse que o Jer está a salvo, aquele idiota. Mesmo ele estando a fim da Holly, ainda me importo com ele.

Foi até o local combinado, estacionou, descobriu qual barca deveria pegar e percebeu, com um misto de alívio e apreensão, que chegara a tempo.

Não me importaria de perder essa reunião. Vai ter faísca voando, se conheço bem a Holly. E não gosto da ideia de um encontro no meio da Elliott Bay. É como segurar cartazes acima de nossas cabeças com a mensagem para Michael: CARNE MORTA.

Hesitou por alguns instantes antes de saltar do carro. Afinal, havia segurança nos números e, do jeito que as coisas iam, um pouquinho de segurança não cairia mal.

As barcas de Washington eram bem cuidadas e modernas, cheias de espaços agradáveis e bares. Enquanto as pessoas entravam na barca para Townsend, Holly foi até o bar, comprou uma coca-cola diet e encontrou uma mesa grande onde acomodar todos da confraria, bastaria eles se espremerem só um pouco. Perguntou-se se o pai de Kialish viria. Era amigo da confraria, mas não era membro. Talvez não se sentisse no direito de interferir.

Maldição

Tomou seu refrigerante, esperando, nervosa, admirando distraída as fantasias das pessoas em volta – muitas fadas, muitos caras com falsos machados enfiados no peito – e se perguntava o que aconteceria. Pressionou as têmporas com os dedos; teria que pedir uma aspirina à Amanda quando ela aparecesse. O que restara da sua supervisão parecia ter ido embora, mas lhe deixara uma tremenda dor de cabeça. Tentar entender por que Tante Cecile insistira num encontro sobre a água também não ajudava.

A última chamada foi feita e a barca começou a se afastar da terra. Já escurecera e as luzes da cidade esmeralda brilhavam do lado de fora das janelas de vidro; à sua frente, a água era escura e profunda.

Ainda nem sinal dos outros, e ela começou a se preocupar.

Será que aconteceu alguma coisa com eles?

Não tinha certeza se deveria procurá-los ou ficar onde estava; decidiu ficar onde estava.

O motor ganhou velocidade, e a barca adentrou as águas, deixando a cidade para trás.

Ela continuou esperando. Meia hora já havia se passado.

Então, enfim avistou Eddie, que se virou e gesticulou para alguém atrás de si. Kari e Amanda se aproximaram dele, Kari de olho nela; os três vieram na sua direção e Kari perguntou:

– Onde você estava?

– Como assim? – Holly franziu o cenho. – Estava aqui o tempo todo. Não é aqui o lugar do encontro? – Parecia-lhe o local óbvio.

– Você não estava aqui – disse Amanda, também parecendo chateada.

– Estava sim. – Holly sentiu o sangue ferver. – Você não deve ter me visto. – Então, olhou para os três. – Cadê os outros?

– Não sabemos – disse Eddie, parecendo insatisfeito. – Achamos que estivesse todo mundo com você.

– Tem alguma coisa estranha – disse Holly. – Essa ideia de fazer reunião aqui foi uma loucura.

– Tante Cecile disse que era o melhor lugar – respondeu Amanda. – Ela me ligou para dizer isso.

– E cadê ela? – perguntou Holly.

– Olha só – interferiu Eddie. – Seja lá o que for, não estou gostando nada disso. E, com certeza, não gosto da ideia de você se separar da gente nessa sua empreitada para "salvar" Jeraud Deveraux. Você é a nossa líder. Não pode nos abandonar feito a Nicole.

Holly respirou fundo.

– Pensei sobre isso.

Eddie relaxou a olhos vistos, as suas feições ganhando ares mais suaves.

– É?

Kari, no entanto, franziu o cenho e disse:

– Holly, se você sente que ele está vivo e não fizer nada a respeito...

– Vou fazer alguma coisa a respeito – interrompeu a outra, elevando a voz. – Vou passar a liderança da confraria para Amanda.

Maldição

– Ótimo – emendou Amanda. – Sou a líder. – Encarou Holly. – Você não pode ir.

– Você tem que ser a líder. – Eddie cerrou os punhos, com raiva. – Você foi escolhida como líder. Você tem o poder.

Foi a vez de Holly falar mais alto.

– Você não pode me dizer o que devo ou não fazer, Eddie. A sua confraria não conseguiu proteger o Jer. Por que você acha que a nossa pode? A visão foi enviada a *mim*. Pela minha ancestral. Para que eu possa salvar o Jer.

– Porque ela ama o Jean! – explodiu Amanda. – Ela não está nem aí para nós nem para o que o Michael está fazendo. É obcecada pelo marido morto, e só pode se juntar a ele por meio de você e do Jer. Ela era tão indomável quanto qualquer Deveraux e não vai dar a mínima para quem morrerá pra salvar a porcaria do parceiro mágico dela.

– *Eu... eu...* – gaguejou Holly. *Eu amo o Jer. Mas Amanda tem um argumento forte. Isso é motivo para eu abandonar essas pessoas?*

– Eu a proíbo de ir – anunciou Amanda, levantando-se, imperiosa. – E vou fazer tudo ao meu alcance, com magia e sem, para impedir.

Como se fosse uma deixa, o chão começou a tremer. As paredes chacoalharam; alguns rapazes da mesa ao lado franziram o cenho e disseram para o grupo de Holly:

– Uau, que partida, hein? Somos de Montana. Essas barcas sempre fazem isso?

– Não – respondeu Holly, olhando para Amanda. – E as barcas não exatamente dão partida.

A balsa tremeu de novo. Vozes se elevaram. Um homem se levantou e disse:
— Vou ver o que está acontecendo.
— Tem alguma coisa errada — disse Holly. Levantou-se. Os outros fizeram o mesmo.

Enquanto caminhavam para fora da área do bar e passavam pelas fileiras de cadeira que pareciam assentos de teatro, uma enorme explosão derrubou Holly, mandado-a para o chão. Parte do teto despencou; uma janela rachou; a balsa começou a adernar.

Alarmes começaram a disparar. Uma voz masculina interrompeu a música e disse:

— Senhoras e senhores passageiros, por favor, mantenham a calma. Por favor, dirijam-se à área dos salva-vidas para receberem um colete de um dos membros da tripulação, facilmente identificáveis pelos seus uniformes. Por favor, mantenham a calma. Não há razão para pânico.

— Ah, tá! — gritou Eddie. — Tem razão até demais!

Aos tropeços para sair do meio do caminho, depois pensando melhor, por causa da explosão das janelas, Holly fechou os olhos e invocou proteção; Amanda se juntou a ela, depois vieram Kari e Eddie. Correram, de mãos dadas; formando uma corrente única, sem discussão, foram para o lado de fora.

— Tem colete salva-vidas aqui? — perguntou aos gritos na cara de Holly uma mulher ansiosa, de suéter vermelha com motivos de Halloween. Como a menina não respondeu com a rapidez desejada, a mulher passou por ela em direção a outro passageiro, encarando-o e exclamando: — Preciso de um colete!

Maldição

A barca avançava de maneira estranha, como uma criança gigante puxando um brinquedo por uma cordinha. Também puxava fortemente para a direita. Passageiros saíam correndo pelas portas, chocando-se contra os quatro; gritos tomavam o ar da noite enquanto os rugidos da máquina metálica se tornavam cada vez mais altos.

Então, um estranho gemido ecoou no ar, juntando-se aos alarmes numa cacofonia de horrores. O gemido vinha da lateral da barca. Holly se debateu contra a massa humana e abriu caminho até o gradil.

– Oh, meu Deus – sussurrou, olhando para a água.

Rodeado pela escuridão, às vezes iluminado pelas luzes da barca, estava um pesadelo, uma criatura composta de garras enormes, tentáculos, bico pontudo e olhos que a encararam com hostilidade. Seus olhos – cada um grande como o pneu de um carro, injetado de sangue e rodeado por um círculo negro – evidenciavam não exatamente inteligência, mas intenções demoníacas, fome, júbilo. Piscou ao ver Holly.

Ele sabe quem eu sou.

Pássaros sobrevoavam a barca aos guinchos, fazendo investidas contra Holly. Viu que eram falcões, negro-azulados e agressivos, quase bicando-a diversas vezes enquanto tentava desviar deles.

Então, criaturas emergiram da água escura, dos dois lados do monstro; lembravam vagamente figuras humanas, mas eram cobertas por escamas e tinham os dedos em ganchos. Enquanto Holly observava, lançaram seus ganchos às laterais do barco e escalaram até o deque muito rapidamente e muito próximas.

A barca adernou de novo, a inclinação ainda maior.
Eddie veio até ela e agarrou-lhe o braço.
– Acho que a barca vai afundar – gritou.
Ela apontou.
– Olha.

Enquanto seus vassalos se aproximavam da balaustrada da barca, o monstro emergiu das águas, pondo-se de pé em gigantescas pernas, ou coisa do gênero – sabe Deus o que era aquilo – e seus tentáculos lançaram-se na direção de Eddie e Holly.

Eddie agarrou Holly, envolvendo-a com os braços e a puxando para o lado.

A barca adernou mais uma vez. Os passageiros perderam o equilíbrio e deslizaram em direção ao bar e às fileiras de cadeiras. Holly e Eddie foram tomados pelo momento e, juntos, chocaram-se contra o anteparo.

Amanda estava no chão, um corte grande na testa. Kari se debruçava sobre ela, gritando para Holly:

– Faz alguma coisa!

– Amanda, tudo bem com você? – gritou Holly. Colocou a mão na testa da prima e murmurou: – Cure-a, minha Deusa.

Amanda olhou para ela, o sangue jorrando do ferimento.

– Não foi a Deusa quem fez isso, Holly.

– Michael Deveraux! – gritou Kari para os falcões acima deles. – Eu mesma vou matar você!

Sabia que havia algo errado nesse encontro. Sabia!, pensou Holly, tomada de fúria. *Devia ter dito alguma coisa, devia ter me recusado a vir.*

Maldição

Havia água entrando pelas portas do bar, subindo à altura dos tornozelos das pessoas, depois até os joelhos. Holly percebeu que o outro lado da barca estava debaixo d'água e disse aos quatro:

– Deem as mãos, segurem firme.

Com um grunhido, forçou Amanda a ficar de pé e arrastou-a até um tripulante ao lado de um armário destrancado de salva-vidas. As pessoas lutavam por coletes, agarrando-os enquanto homens tentavam passar a frente delas. Holly se deu conta de que suas chances de conseguir um colete eram quase nulas.

– Precisamos ficar juntos. Somos mais fortes assim. Concentração. Todo mundo de olho aberto, todo mundo olhando nos olhos uns dos outros. Vamos nos enxergar superando isso. Vamos enxergar a nossa sobrevivência, a sobrevivência dos nossos corpos.

O olhar de Kari desviou para a esquerda, e ela deixou escapar um grito de pavor.

Um dos tentáculos da criatura chicoteava a multidão. Diante dos olhos horrorizados de Holly, a cabeça de um homem foi arrancada do seu corpo. O braço de outro foi dilacerado; sangue esguichava do seu ombro e se misturava à água gelada.

Holly olhou à esquerda; não sabia o que fazer. Outras pessoas cambaleavam pela barca, adernada em um ângulo assustador.

Os pássaros mergulhavam na direção deles, aos guinchos.
– Oh, meu Deus. Oh, meu Deus – chorava Amanda.

– Olhe nos meus olhos. Veja você sobrevivendo – ordenou Holly. – Veja!

– Não consigo. Não consigo. Não consigo – disse Amanda, sem ar. – Oh, meu Deus, Holly...

– Você vai sobreviver. – Holly queria que a prima sentisse, soubesse disso.

Então, as águas se revoltaram em torno deles, jogando-os para o lado como pedaços finos de madeira; iam de um lado a outro. Holly fechou os olhos e segurou o mais forte que pôde a mão de Amanda... a mão de Amanda... a mão de Amanda...

Segurou-a em nome da vida, literalmente, enquanto as duas caíam nas águas gélidas, escuras; segurou com toda a força que pôde e tentou voltar à superfície. Havia gente a sua volta, debatendo-se, lutando por ar, desesperada. Ela não via nada, apenas a escuridão.

Isabeau, pensou, deixando de rezar à Deusa para implorar ajuda à ancestral. *Por favor, nos salve.*

Então, por milagre, a sua cabeça chegou à superfície. A de Amanda também; viu-a iluminada pela luz da barca, que afundava.

Holly viu o que acontecia, mas não registrava.

– Precisamos de um encantamento – disse à prima. – Precisamos nos concentrar.

Amanda soluçava histericamente. Holly desistiu e olhou em volta em busca dos outros.

– Eddie? Kari?

– Aqui – anunciou Eddie. – Não sei onde ela está. Não consigo encontrá-la.

Maldição

— Precisamos fazer um encantamento — repetiu para ele.
— Kialish — gemeu. — Kialish, vou morrer sem me despedir dele.
— Deixa de ser estúpido. Não vamos morrer.
— É a sua maldição, Holly. Você está nos amaldiçoando a morrer.
— Você não vai morrer — repetiu ela.

Novos gritos eclodiram, vindos de outro grupo de passageiros na água, e anunciavam um novo terror. Holly olhou por cima do ombro e foi então que também perdeu a razão.

As criaturas humanoides nadavam sobre a confusão, erguendo suas garras e atacando pessoas a esmo enquanto seguiam seu caminho. As garras eram afiadas; as feridas, profundas. A maior parte das suas vítimas parava de gritar no momento em que eram tocadas.

E, atrás das criaturas, estava o monstro.

Holly tentou lutar contra o próprio pânico, buscando forças dentro de si, buscando um lugar, um centro. O resto dela se apavorava; ainda assim, disse:

— Esconjuro-te! Abomino-te, escravo do demônio! Desapareça daqui!

Suas palavras não tiveram efeito sobre o monstro. Ele ganhou uma altura tremenda, como se boiasse naturalmente; ela viu sua massa imunda estremecer, tentáculos por toda parte, a confusão que era a sua cabeça. No bico, a coisa carregava uma jovem que deixara rapidamente de lutar, pendendo inerte em seu poder. Ele a partiu em dois; a cabeça ainda presa ao torso caiu na água. O monstro lançou a outra metade e abriu caminho na direção de Holly.

Eddie nadava na sua frente, gritando:

— Me pegue! Me pegue, seu desgraçado!

— Não, Eddie! — Era um gesto desnecessário; se aquela coisa quisesse matá-la, o faria. Acenou para que Eddie parasse, e Amanda se soltou dela.

Amanda largou a mão de Holly, e sua cabeça afundou na água.

— Amanda! — gritou Holly e mergulhou para encontrá-la.

A água estava muito escura e revolta, mas um ligeiro brilho azul a guiou para bem fundo. Nadou o mais que pôde, perseguindo a luz.

Lá para baixo ela ia, e mais profundamente ainda; seus pulmões prestes a explodir. Alcançou a luz, estendeu a mão... o brilho diminuiu, piscou e sumiu.

Não!, pensou Holly, seguindo adiante, sentindo a água. Cadáveres esbarravam nela, pedaços de algas, e coisas que esperava serem peixes.

Mas nenhum sinal da sua prima.

Incapaz de manter-se debaixo da água, subiu, buscando ar até chegar à superfície.

Como se... *magicamente* uma boia apareceu do seu lado. Agarrou-a.

E então ela se apavorou com o que viu.

A água estava tomada de sangue, e uma das criaturas partiu para cima dela; estava a centímetros. Seu imenso companheiro abria espaço na sua direção...

... Fim de linha, vou morrer...

— Holly — gemeu Eddie.

Maldição

Flutuava a cerca de um metro à sua esquerda. Ela tentou alcançá-lo... até se dar conta de que Amanda emergira, o rosto ainda na água, boiando nas ondas, a um metro e meio de distância, a maré levando-a na direção contrária.

As criaturas se aproximavam.

– Holly – disse Eddie mais uma vez. Olhou para ela, estendeu a mão. – Estou ferido.

Não havia mais tempo para pensar, para escolher; engolindo um soluço, Holly empurrou a boia para Amanda, envolvendo-a com um braço e tirando sua cabeça da água, sacudindo-a com a maior força possível.

Invocou encantamentos de proteção, um atrás do outro, implorando junto à deusa e à Isabeau para que a salvassem. Uma garra atacou-a, alcançando seu calcanhar, e ela teria gritado se lembrasse como fazê-lo...

Então, uma explosão aconteceu acima da sua cabeça, alguém atirava contra os monstros bem na sua frente. Alguém gritava:

– Aqui!

E Holly conseguiu olhar para cima enquanto lutava pela própria vida, e pela de Amanda, nadando com suas roupas encharcadas e geladas; nadando apesar de não ter mais forças.

Um barco da guarda costeira se aproximou, seguido de outro e mais outro; havia uma frota deles, e todos atiravam contra os monstros. Então, alguém lhe jogou mais uma boia, mas as suas mãos estavam dormentes demais para pegá-la. Gemeu de frustração – não conseguia mais falar – e começou a chorar, tomada de pânico.

Forçou-se a encontrar o seu centro de calma de novo. *Sou uma bruxa Cathers,* pensou.

Olhou para as próprias mãos, desejando que agarrassem a boia. De alguma forma, conseguiu posicionar o corpo gelado e inerte de Amanda na boia. Deu um puxão na corda.

– Holly! – gritou Eddie.

Ela se virou para ir até ele, mas, neste momento, Amanda escorregou da boia e começou a afundar. Holly agarrou-a, segurando-se na boia. O guarda costeiro começou a puxá-las. Se soltasse Amanda, a sua prima escorregaria de novo para dentro d'água.

– Holly! – Ela conseguiu ouvir o terror na voz de Eddie. – Holly, socorro!

Ela se virou; Amanda se moveu na boia, e ela segurou a prima.

Não conseguia ver Eddie em lugar nenhum. A água estava tomada de seres malignos, pessoas morrendo, e o monstro ainda se movia na sua direção.

Os guardas costeiros as puxaram para dentro do barco. Ela soluçava ao ser puxada para o deque, quando colocaram uma manta em volta dos seus ombros, e um médico lhe deu algo para que se acalmasse.

Viu que Kari também fora resgatada, e tentou sentir-se grata por isso.

Mas não podia relaxar.

Deusa, proteja Eddie, suplicou.

Mas sabia, no fundo de sua alma, que Eddie estava morto.

Maldição

França, século XIII

Catherine estava morrendo. Se era por envenenamento, por magia ou falta de sorte, ela não sabia dizer. Mas estava morrendo; disso não tinha dúvida.

Os Deveraux não haviam ganhado; mas ela também não. As duas confrarias haviam perdido incontáveis súditos no massacre do castelo Deveraux, no Beltane, e as represálias resultantes ainda se seguiam seis anos depois.

Chamou sua nova protegida, Marie, para vir à sua cama. A jovem tinha dezesseis anos e era excelente bruxa. Catherine a imbuíra de poderes mágicos, e a moça compreendera o seu papel na confraria: a todo custo, a linhagem Cahors deveria ser perpetuada.

Pandion, a águia fêmea, observava tudo empoleirada no espaldar da cama de Catherine. Ela dormira ali sozinha por três anos, desde a morte do seu segundo marido, apesar de ter entretido nela mais amantes do que poderia contar. Eles, no entanto, não tinham permissão para passar a noite ali.

Mas tudo isso estava acabado, e ela, em breve, não passaria de pó.

— Tantos de nós já se tornaram cinzas — disse ela à bela jovem. Cachos caíam pelas costas de Marie; ela era esguia, e os seus olhos eram enormes. Fazia Catherine lembrar-se de Isabeau, sua única filha, sua filha querida.

— Para proteger você e nossa confraria, estou mandando-a embora — disse à menina. — Para a Inglaterra. Lá, seguidores do círculo vão ajudar você, cuidarão de você — suspirou. — Abandonei Jeannette, mas não abandonarei você.

– *Oui, madame* – disse a menina, ligeira. Seus olhos estavam rasos d'água. – Devo fazer o que a senhora manda, sempre.

– Você é uma boa menina – murmurou Catherine.

Então, a vida escapou do seu corpo, e ela estava morta.

Devotamente, Marie baixou a cabeça e rezou pedindo à Deusa que a encaminhasse por campos de lírios.

– E que ela encontre Isabeau, a quem sempre amou – encerrou.

Então, bateu palmas. Servos logo apareceram, gemendo diante da visão da sua *grande dame*, morta na cama.

– Ela deve ser queimada e suas cinzas devem ser enterradas no jardim – informou-os Marie.

E não devo estar lá para testemunhar isso.

Estou destinada à Inglaterra, como era o desejo de minha dama.

Eli Deveraux: Londres, Samhain

Os inocentes davam-lhe o nome de Halloween.

Mas na confraria, novos casamentos eram feitos, velhas disputas esquecidas... e sacrifícios ofertados.

Eli Deveraux olhou para cima, satisfeito com os restos de uma jovem cujo coração ainda batia na sua mão. Seu sangue grosso, vermelho, escorria-lhe pelo braço, pingando no chão de pedra da antiga câmara onde ele elaborava a sua magia.

– Isso, o coração do meu irmão – entoou ele, mostrando o coração à estátua do Deus Cornífero, acocorado no altar. – Ajude-me a matá-lo, Grande Deus Pan. Mande o meu familiar para que possa fazer o meu trabalho.

Houve um ruído de bater de asas; então, o falcão imortal, Fantasme, guinchou para Eli e inclinou a cabeça. Eli suspendeu o coração, e o pássaro deslizou até ele. Fantasme estava acostumado a sacrifícios humanos.

Outra jovem, esta bastante viva, adentrou a câmara privada e inclinou a cabeça. Vestia num manto de gaze e estava ali para ser a Dama de seu Senhor, para que ele pudesse realizar algumas magias muito elevadas. Ele a recrutara para ajudá-lo durante um ritual com sir William. Eli estava certo de que ela concordara não porque queria, mas porque tinha medo de recusá-lo.

– Dispa-se – disse ele, friamente. Não tinha certeza de por que desgostava dela agora, mas desgostava. Estivera ansioso por se deitar com ela, ato que produziria a energia mágica muito potente que ele desejava.

Só estou de mau humor, disse a si mesmo. *Saber que Jer está vivo me deixou esquisito. Achei que estava livre dele, e agora... ele é um carma.*

Pelo menos, está sofrendo muito e cheio de cicatrizes.

O que prova a existência de um Deus.

A garota despiu-se. Em tom que destilava hostilidade, Eli disse:

– Apronte-se.

Ela se deitou no altar, esperando por ele.

Por que ela aceitou?, perguntou-se. *Será que é alguma armadilha?*

Então, ele não mais se importou ao juntar-se a ela no altar; soube que ela consentira, porque ele fizera algo por ela. Muitas mulheres gostavam de Eli Deveraux, gostavam da sua aura ameaçadora, daquele poder todo...

Isso o animou um pouco.

Lua do Silêncio

Uma luz de magia azul começou a tomar conta do aposento, tomando o altar, brilhando sob o punhal de Eli e o manto da jovem. O ar do lugar começou a dançar com a luz. Os olhos cinza da estátua ganharam um brilho azul; sua boca desenhou um sorriso.

Quando terminou, Eli sentiu-se mais forte, mais concentrado, mais focado. Vestiu um manto verde ornado de frutas sagradas vermelhas, pegou de novo o coração e disse:

– Meu Senhor, ofereço-lhe isto se o Senhor matar o meu irmão.

O maxilar de pedra da estátua se abriu, o pescoço se adiantou, os olhos reviraram. Em movimentos estranhos, a estátua pegou o coração e devorou-o, em silêncio.

A jovem assistiu a tudo com fascinação, assustada.

Vou tomar isso como um sim, pensou Eli. Estava em júbilo.

O meu Deus irá matar o meu irmão.

Portanto, este é um feliz Halloween no fim das contas.

SEIS

LUA FAMINTA

☾

Bruxas Cahors, estejam alertas
Agora que tomamos o ar.
Mataremos a todas que se levantarem
Em todos os lugares do mundo.

Agora que mastigamos cada osso
Oferecido a nós pela coroa.
Devemos banquetear com o nascer da próxima Lua
Sobre a nossa vítima, enquanto ela morre lentamente.

Nicole: Espanha, Dia de Todos os Santos

Estavam no chalé havia uma semana. Nesta noite, em particular, Nicole pegara no sono assim que sua cabeça encostara no travesseiro. Quando uma mão no seu ombro sacudiu-a, acordando-a com delicadeza, estava escuro. Philippe estava ao seu lado, sorrindo ligeiramente.

– Vamos. Hora de acordar.
– Que horas são? – perguntou ela.
– Quase meia-noite.
– Hora das bruxas? – Sorriu ela.
Ele riu baixinho.
– Pode-se dizer que sim.

Ele estava de novo encapuzado, mas o capuz pendia atrás de sua cabeça. Entregou um traje do mesmo tipo para ela.

– Você pode vestir isso.

Ela sorriu.

– Gostaria mesmo era de roupas limpas.

Ele apontou para o pé da cama, onde ela viu uma camisa e jeans dobrados.

– Tem uma moça aqui na *villa* mais ou menos do seu tamanho. Ela doou algumas roupas.

– Isso foi ideia sua? – perguntou ela, surpresa.

– Na verdade foi do José Luiz – respondeu. – Anda, corra, *ma belle*. Todo mundo já está lá fora. Venha quando estiver pronta.

– *Merci*, Philippe.

Nicole sentou-se assim que ele saiu. Olhou a bacia d'água com uma jarra sobre uma pequena mesa e, agradecida, descobriu que ela tinha sido cheia com água fresca.

Tirou a blusa e refrescou o rosto e os ombros.

Vestiu as roupas e ficou satisfeita ao perceber que estavam apenas um pouco largas. Passou as mãos pelo cabelo, e gemeu ao tentar desembaraçá-lo. Devia estar com a cara péssima. *Se Amanda me visse agora, não acreditaria*. Estava muito longe dos seus dias de rainha da beleza.

Fez uma careta ao vestir o capuz. O material era grosso e áspero. Colocou o capuz sobre a cabeça para ver como era. Estremeceu um pouco quando foi tomada pelo material. Tirou depressa o capuz.

Respirou fundo e abriu a porta. Do lado de fora, os quatro bruxos estavam amontoados, como fantasmas no escuro. Quando um deles se virou na sua direção, a conversa sussurrada cessou. Ela se juntou aos homens, o coração um pouco acelerado. Vestida como eles, era impossível não ter uma sensação de conexão, de pertencimento.

Alguém trouxera o carro até onde estavam, e todos entraram no veículo, menos Armand. Quando Philippe ligou o motor, Nicole apontou para a figura solitária do lado de fora.

– Ele não vem conosco?

Philippe balançou a cabeça.

– Ele vai se encontrar conosco daqui em breve. Por enquanto, tem que apagar a memória que deixamos nesse lugar.

Diante do olhar um pouco confuso de Nicole, Alonzo explicou:

– Você já foi a algum lugar e sentiu o peso da sua história, como se as paredes falassem com você?

Ela aquiesceu, devagar.

– Senti isso uma vez. Minha família foi para Washington, D.C., visitar uns amigos. Levaram-nos para conhecer o Ford Theater, onde o presidente Lincoln levou um tiro. Parecia que, se eu fechasse os olhos, conseguiria ver tudo acontecendo. É disso que você está falando?

– *Sí*. Pessoas e eventos deixam marcas nos lugares. As paredes de um prédio, por exemplo, gravam num nível místico os acontecimentos. É exatamente como um caminho na floresta, onde animais e pessoas deixam pegadas. Uma pessoa comum nunca vê essas marcas, mas para um rastreador experiente, são muito claras e revelam bastante sobre as criaturas que as deixaram.

Lua Faminta

"Da mesma maneira, as pessoas comuns nunca sentem as marcas mentais deixadas nos lugares, a menos que essas marcas sejam fortes de um jeito fora do comum, e dizem que o lugar tem uma história, é assombrado. Mas, para um rastreador treinado..."

– As marcas mentais que deixamos para trás são facilmente lidas como pegadas – encerrou Nicole.

– Isso. O Armand vai ficar para trás, para encobrir os traços da nossa passagem, como se passasse com um galho de árvore sobre o chão e apagasse as pegadas.

Nicole estremeceu.

– Se ele não fizesse isso, alguém poderia de fato nos descobrir?

– Eu poderia – respondeu Pablo depressa.

Nicole girou o corpo no banco da frente, para olhar para o rapaz no banco de trás. Os olhos dele brilhavam no escuro.

– Isso, você poderia – afirmou Philippe. – Então, Armand vai nos encontrar quando ele terminar.

– Armand é bom de bloqueio. Não consigo lê-lo – disse Pablo.

Ela continuou a olhar para o rapaz enquanto pensava: *Diferentemente de mim?*

Ele sorriu devagar, parecia um lobo mostrando os dentes.

Nicole se endireitou no assento. Ela teria que ter uma conversa com Armand mais tarde.

Viajaram como se em uma pista de corridas de carros por duas horas, circundando pelo menos uma pequena cidade. Saíram da estrada principal, e a viagem durou mais alguns quilômetros. Quando enfim pararam, estavam diante de um campo grande e plano. Não havia nenhuma estrutura, de qualquer espécie, naquela paisagem.

– Faltam muitas horas para o amanhecer. Vamos esperar Armand aqui, e, quando ele chegar, faremos a cerimônia – anunciou José Luís.

Da mala do carro, os outros retiraram lenha e vários pacotes de algo parecido com ervas. Quando começaram a separar a madeira, para preparar uma fogueira, Nicole virou-se para Philippe.

– Vocês não têm medo de alguém ver o fogo?

Ele balançou a cabeça.

– A fogueira será encantada, apenas nós e o Armand poderemos enxergá-la. Ela nos ajudará a guiá-lo até nós. Venha, enquanto eles trabalham, nós conversamos.

Ele a guiou até um local onde conseguiriam enxergar o restante da confraria, mas não poderiam ser ouvidos. Ele se sentou e fez um gesto indicando que ela fizesse o mesmo.

Quando ela estava de frente para ele, Philippe perguntou:

– Quem está perseguindo você, Nicole?

– Eu não sei – gaguejou ela, sentindo o coração acelerado.

Ele fez um gesto de compreensão e pegou as duas mãos da jovem.

– Quem quer que seja, tem muito poder. Nicole, temo por você. Precisamos tomar cuidado extra.

Nicole sentiu um tremor. Estava cansada disso; deixara Seattle para fugir das bruxarias e do perigo. Pelo menos, não estava sozinha.

– Que bom que você me encontrou – soluçou.

Ele encolheu os ombros.

— Vou confessar uma coisa: nosso encontro não foi por acaso. Andávamos procurando você, Nicole dos Cahors, desde que ficamos sabendo que estava na Espanha.

Ela ficou ansiosa ao ouvir que haviam "ficado sabendo" dela e ferida por ele não ter lhe dito isso antes.

— É Anderson — respondeu, fria, ainda sem saber o que diria a ele.

— Talvez, para eles. — Ele fez um gesto amplo, indicando o mundo. — Mas, aqui, conosco, e aqui — ele bateu no peito dela, acima do coração —, você é Cahors. Sua família é antiga, e isso deve ser motivo de orgulho.

— Meus ancestrais eram assassinos. Não tenho orgulho nenhum disso.

— Não é bem assim — respondeu ele, suave. — Algumas bruxas Cahors se aliaram a confrarias da Luz e fizeram muitas coisas boas. Outras escolheram se aliar às forças da Escuridão. E só você, Nicole, pode dizer a que lado quer se aliar.

Ela sorriu com amargura.

— Eu estaria mentindo se negasse que fui atraída pela Escuridão. — Pensou em Eli e na excitação que sentia quando estava com ele. Pensou nas coisas que haviam feito juntos, em como deixara que ele a tocasse, e foi tomada de um misto de emoções. Principalmente, sentia remorso, mas havia uma pequena parte sua que era atrevida, insolente, e sabia que, mesmo com o conhecimento que tinha agora, talvez não mudasse nada se tivesse a chance. Era essa parte que a assustava.

Seu couro cabeludo começou a formigar, e ela desviou o olhar. Concentrou-se nos outros e ficou nervosa ao dar de

Maldição

cara com Pablo, olhando diretamente para ela. Seus olhares se encontraram. Será que ele sabia o que ela estava pensando? Desejou ardentemente que não e tentou livrar-se de seus pensamentos anteriores. Ele balançou a cabeça devagar, ela não sabia se demostrando desaprovação ou derrota. Por fim, ele se virou, e ela sentiu grande alívio.

– Às vezes, o Pablito usa seus dons quando não deve. Infelizmente, discrição é uma das coisas que só o tempo ensina aos jovens – observou Philippe, tendo visto a troca de olhares.

Nicole encarou-o, sentindo-se culpada.

– Talvez ele tenha razão de ficar de olho em mim.

Ele sorriu.

– O tempo vai dizer a verdade sobre isso. Mas, agora, vamos. Eles estão prontos para começar a cerimônia.

Ele se levantou e estendeu a mão para ela. Nicole aceitou, e ele a ajudou a ficar de pé. Juntos, caminharam até a fogueira.

– Que tipo de cerimônia é essa?

– Uma cerimônia de busca em que pedimos visões do futuro.

– Então, posso perguntar quem vai ser o meu futuro marido? – brincou ela.

Ele a encarou, apreciativo.

– Talvez sim, mas não sou eu quem vai dizer. Ninguém pode escolher o que lhe será mostrado.

Quando chegaram à fogueira, Nicole reparou que Armand já estava de volta. Cumprimentou-a rapidamente com a cabeça.

Lua Faminta

— Agora que estamos reunidos, devemos começar — anunciou José Luís.

Todos se sentaram em volta do fogo. A fumaça que subia carregava o perfume de madeira queimada com alguma outra cosia, mais doce. Nicole torceu o nariz, não tendo certeza se o cheiro lhe era agradável.

Deram as mãos e, por um breve momento, Nicole achou que eles iam começar a cantar "Kumbayah". Fechou os olhos, desejando relaxar, e respirou fundo algumas vezes. O cheiro doce não era desagradável, concluiu. Na verdade, era gostoso.

— Estamos juntos aqui para invocar o poder da Visão. Pedimos clarividência em relação ao nosso caminho, para onde ele nos leva e o que devemos fazer para sustentar a Luz. Mostre-nos o que precisamos ver — concluiu Philippe.

— Dê-nos olhos que enxerguem — acrescentou Armand.

— Dê-nos sabedoria para sabermos o que devemos fazer — disse Alonzo.

— Dê-nos coragem para que possamos agir — acrescentou Pablo.

— Dê-nos força para que prevaleçamos — concluiu José Luís.

José Luís e Alonzo, cada um de um lado, soltaram as mãos dela. Nicole abriu os olhos e viu Alonzo pegar um grande e retorcido graveto branco que estivera na parte superior da lareira. Ela sentiu falta de ar ao escutar o som da madeira queimando a palma da mão dele. Alonzo manteve o graveto próximo ao peito e curvou a cabeça em sua direção, os olhos fechados.

Maldição

Nicole viu o músculo do lado esquerdo do maxilar dele travar. Por fim, ele olhou para cima, seus olhos brilhando com intensidade:

— Vejo um grande demônio atravessando a Europa, sua escuridão destrói tudo que vê pela frente.

Passou o graveto para Armand e pegou um pedaço de pano embebido no líquido de uma tigela. Discretamente, amarrou-o na mão queimada.

Armand baixou a cabeça em reverência ao graveto branco. Seu corpo inteiro começou a tremer.

— Vejo-me entre a Escuridão e a Luz. Combatemos a Escuridão e não estamos sozinhos. Outros estão conosco, mas o preço a ser pago é alto.

Ele passou o graveto em silêncio para Philippe e pegou a toalhinha da tigela, entregue a ele por Alonzo, e enfaixou a mão. Philippe reverenciou o graveto por um instante, antes de voltar a olhar para cima. Lágrimas tomaram seus olhos.

— Vejo-me carregando um fardo pesado e o passando de um ombro a outro. O peso me envelhece.

Passou o graveto a Pablo e pegou um pedaço de pano. O jovem curvou-se diante do graveto por vários minutos, em silêncio, antes de enfim erguer o olhar.

— Vejo uma ilha escondida há séculos. Um homem acorrentado. Uma mulher toma conta dele. Ela sempre tomou conta dele. Ela tem medo. Alguém mais está na ilha e ele a amedronta.

José Luís pegou o cajado de Pablo e o segurou com firmeza. Nicole podia sentir o cheiro da carne dele queimando enquanto assistia aos tendões dos dedos do homem flexionarem.

Lua Faminta

Por fim, ele olhou para cima. Sua voz era fantasmagoricamente calma ao falar.

– Vejo a minha morte.

Chocada, Nicole olhou para o graveto que lhe era oferecido. Não queria pegá-lo, não queria queimar-se e, com certeza, não queria ver nada. Ainda assim, estendeu a mão e segurou o graveto. Sua carne queimou, como sabia que aconteceria, mas ela não sentiu nada. Ergueu o graveto à frente do corpo.

Viu o rosto de Eli flutuando diante de si, rindo, provocando-a. A imagem se desfez e outro rosto apareceu ali. As feições eram cruéis e contorciam-se sob uma massa de cabelos louros. Deu um grito e jogou o graveto para longe.

Alonzo pegou o objeto no ar e, depois de pronunciar algumas palavras, colocou-o, com cuidado, de volta no chão. José Luís começou a enfaixar a mão queimada de Nicole com o tecido calmante.

– O que você viu? – pressionou-a.

Ela o encarou, sem ar. Jamais vira aquele rosto e até agora estava sem fôlego, buscando o ar, como se a sua cabeça ainda estivesse debaixo d'água naquela banheira do chalé.

– Eu vi... eu vi... *o meu marido*.

Ela não conseguia manter-se aquecida nem deixar de tremer. Era como se congelasse devagar, de dentro para fora. O chão era duro debaixo dela e o capuz só impedia o frio do ar matinal, mas não fazia nada para aquecê-la. Nicole virou-se de lado, deitou e aninhou os joelhos perto do peito, tentando bloquear a visão que tivera.

Maldição

Vira Eli, e a voz dentro da sua mente lhe dissera que ele ainda estava vivo. Como isso podia acontecer? Ele, Michael e Jer não haviam morrido no fogo? Se Eli estava vivo, Michael também deveria estar. Eles podiam ser os demônios que os outros haviam enxergado varrendo o continente como uma praga.

Precisava avisar Holly e Amanda. Elas tinham o direito de saber. Se fosse verdade, precisariam estar preparadas. *Eu devia estar com elas.* Deu um soco na própria coxa. *Não quero voltar. Não quero participar de nenhuma magia.*

Uma voz dentro da sua cabeça zombava dela, dizendo que era uma tola de pensar que poderia escapar da magia. Esta a seguira. Não, estava nela. Não poderia mudar isso, não importa para quão longe fugisse.

E aquele outro rosto? Sentira a maldade escorrendo de cada poro daquelas feições leoninas. E aquela voz: *"Devo desposá-la, Nicole Cahors."* Quem era ele e como sabia quem ela era?

Olhou para o curativo na sua mão queimada. Philippe lhe dissera que em doze horas não haveria nem uma marca.

Um gato que andara se esgueirando por ali na última hora se aproximou em silêncio. Seu pelo estava sujo e embolado e seus olhos tinham um brilho ferino. Ele chegou mais perto e, enfim, tocou o peito de Nicole. Ela deixou a mão recair sobre o dorso do animal.

Ele ronronou, para surpresa geral. Mas ajeitou-se e a olhou com seus grandes olhos amendoados.

– O que eu vou fazer?

O gato piscou antes de fechar os olhos e pegar no sono.

SETE

LUA DA SEMEADURA

☾

Cérebros e sangue, pele e ossos.
Hora de colher a morte que semeamos
O sol no céu e as pedras nas mãos,
Ajude-nos a espalhar o medo por toda a terra.

Venha e veja através da pedra da visão
Os planos feitos contra a Coroa.
Joguemos as runas e veremos
Como chegar ao triunfo, que assim seja.

Nicole: Subúrbios de Madri, Novembro

Os sonhos de Nicole eram selvagens, vívidos. Ela lutava contra o homem que vira por meio do graveto. Ele a mirava, rindo, sempre rindo. Sua boca aberta, cada vez maior, como num bocejo cavernoso. Labaredas começaram a sair de dentro da boca, atingindo o rosto de Nicole com seu calor. Ela tentava gritar, fugir, mas seus pés não se moviam, e apenas sussurros escapavam dos seus lábios.

– Nicole, venha até mim – dizia baixinho a voz em sua mente.

Enfim, foi capaz de se virar e viu Philippe de pé, alguns metros adiante, a mão estendida para ela. Nicole tentou alcançá-la.

Maldição

Agora acordava, e ele lhe dizia alguma coisa.

Ela virou a cabeça na direção da porta, e lá estava ele, sorrindo para ela. Uma sensação de calor, como um toque suave, passou-lhe pela cabeça, e ela sorriu. Ele foi até ela e se sentou ao seu lado. Pegou sua mão e seu calor tomou conta dela.

– Nós conversamos. Vamos fazer de tudo ao nosso alcance para proteger você. – E acrescentou: – Você tem um grande destino, Nicole.

Lágrimas ardiam nos olhos dela. Talvez algum dia tivesse sido capaz de acreditar nisso; havia muito tempo, quando a sua mãe era viva e as duas praticavam magias simples juntas. *Mas pensei que me tornaria uma grande atriz, não uma bruxa!* Agora, não tinha nada. Holly talvez tivesse um grande destino, não ela.

– Acho que você me confundiu com outra pessoa – disse, baixando os olhos.

Com a mão livre, ele levantou a cabeça dela, e os seus olhos se encontraram.

– Nós não nos enganamos, Nicole Cahors. Você tem um grande destino. Eu sei disso. Eu sinto.

Ela o encarou bem no fundo dos seus olhos e sentiu todas as barreiras desaparecerem, uma a uma. Começou a chorar com pureza, e ele a envolveu com os braços, protegendo-a, amando-a enquanto toda a dor era varrida de dentro dela. O corpo dele estremecia de leve a cada nova onda, como se as dores, as memórias e os medos dela também o tomassem. Quando ela, por fim, olhou para ele, viu lágrimas rolando-lhe pelo rosto. Os lábios se moviam, como se rezasse em silêncio.

Ele abriu os olhos, e ela mal pôde acreditar, quanto mais confiar, no que viu brilhando nas profundezas daquele olhar.

– Tem tanta coisa que quero lhe contar – sussurrou ela.

– Eu sei, eu sinto. – Ele inclinou o tronco devagar e beijou-a nas bochechas.

– Não sou uma santa – disse Nicole, baixando a cabeça.

Ele levou a mão ao queixo dela e ergueu seu rosto.

– Se você fosse, nós teríamos um problema. Ah, não que já não tenhamos alguns.

Ela sorriu, apesar de o toque daquele homem fazer com que seu coração disparasse, fora de controle. Ela combateu suas emoções. Havia algo que precisava fazer.

– Preciso dar um telefonema.

Ele concordou, como se esperasse por isso. – Tem que ser rápido – alertou-a. – Eles andam controlando as linhas delas para encontrar você. Precisamos ser rápidos e espertos.

Ela fez que sim e encostou a cabeça no peito dele. Todas as forças do inferno podiam estar atrás dela, mas, por enquanto, ela se sentia segura.

José Luís não dormira desde a cerimônia visionária. Quando foi pressionado pelos outros, deu-lhes respostas vagas. Mas nada na sua visão fora vago. Ficara sabendo até mesmo o momento da sua morte. Também soubera que nada poderia ser feito contra isso. O que não significava que ele não tentaria.

Era o quarto lugar onde procuravam um telefone para Nicole. Precisavam evitar as cidades, portanto, aproximavam-se de *villas*. A poucos metros de várias, haviam desistido, sentindo que algo estava errado. Mas o tempo estava

Maldição

acabando. Todos podiam sentir. Viajar de dia era perigoso, por causa do grande número de pessoas nas ruas, o risco maior de serem vistos pela pessoa errada.

Ele olhou para o sol que se aproximava do horizonte. Mas vagar na luz do dia se mostrava menos arriscado que à noite. A lua estaria cheia.

Ele olhou a rua de paralelepípedo. A pequena vila talvez fosse a última chance deles de encontrar um telefone antes que escurecesse. Pablo se aproximou. Ele levou a mão à cabeça do rapaz.

– Tem um telefone perto do café da esquina.

José Luís fez um gesto afirmativo. Algo não parecia muito certo, mas ele não sabia dizer o que era. Olhou de novo para o sol que se punha. Não tinham mais muito tempo. Teriam que correr o risco.

Ele começou a caminhar e sentiu que os outros o seguiam. Armand os ocultara para que os locais não percebessem a passagem de tanta gente.

Chegaram ao telefone. Philippe e Nicole foram fazer a ligação. O restante se espalhou. José Luís ficou de olho numa esquina, o outro em Nicole e Philippe. Podia ver a conexão que se formava entre eles e não podia fazer nada a não ser aprovar. Philippe era forte e tinha a estabilidade que faltava em Nicole e de que ela precisava. Com sua força e o fogo dela, poderiam deixar a sua marca no mundo.

Parecia que haviam conseguido. Sorriu de leve. Apenas magia poderia permitir que uma ligação internacional feita de um telefone público de um vila se completasse tão depressa.

Lua da Semeadura

A mão de Nicole tremia enquanto discava. Qual era o número? Morara a vida inteira naquela casa e agora, quando mais precisava, não conseguia nem se lembrar do número do telefone. Lentamente, dígito por dígito, lembrou-se. Por fim, conseguiu, e o telefone começou a chamar.

A secretária eletrônica atendeu, e ela desligou, frustrada. Fez uma oração silenciosa de agradecimento à Deusa quando se lembrou do celular de Amanda. Pegou o telefone e discou.

— Alô? — Quase chorou de alegria ao ouvir a voz da irmã.

— Amanda, sou eu. Preste atenção.

— Nicole! Oh, meu Deus, Nicole! Onde você está?

— Na Espanha, em algum lugar. Mas isso não importa agora. Você tem que me escutar. O Eli está vivo.

— Nicki, a *barca*!

— Me escuta, Manda. — Olhou em volta, ansiosa. — O Eli ainda está vivo.

— Mas... como é que você sabe?

— Tive uma visão. É difícil explicar agora. Mas ele está vivo e há um grande mal acontecendo. — Nicole engoliu com dificuldade. — Desculpa por eu ter ido embora, Amanda. A Hecate...

— Ela está bem. Oh, *Nicole*. — Amanda soluçava agora.

Philippe gesticulou para que se apressasse. Ela respirou fundo.

— Aconteceu alguma coisa com a Holly?

— O Eddie morreu!

— E a Holly? — quase gritou Nicole.

— Ela me salvou. Eu teria morrido. Nicki, ah, por favor, Nicki, volta para casa. Precisamos de você.

Maldição

— Eu... Eu vou — disse Nicole com firmeza. Agora, Philippe acenava com a mão e balançava a cabeça, ordenando em silêncio que ela desligasse o telefone. — Tenho que desligar.

— Não! — gemeu Amanda.

— Eu preciso — disse ela, firme. — Vou tentar ligar de novo, logo.

Odiando-se, desligou.

Nicole parecia muito triste. José Luís estava preocupado, alerta, incapaz de ouvir o que dizia. Por fim, ela desligou, e Philippe se aproximou dela. José Luís caminhou na direção deles. Quanto antes partissem melhor.

Uma dor aguda tomou conta de suas costas e de seu peito. Ele caiu de joelhos, tentou gritar. Nenhum som saiu da sua boca. Girou o corpo ao cair, tombando de costas, fazendo com que a faca penetrasse ainda mais fundo no seu pulmão.

Ao encarar seu assassino, conseguiu ver a lua, pálida e cheia, visível a céu aberto.

Enquanto o mundo escurecia diante dos seus olhos, pensou: *Ay, Dios mío, as visões não mentem jamais.*

— Não devia ter ido embora, não devia ter ido embora — murmurava Nicole, a cabeça enterrada no peito de Philippe enquanto se afastavam da cabine telefônica.

— *Ah, petite* — sussurrou Philippe. — Eu sinto tanto.

Viraram-se na direção de José Luís.

Nicole ficou sem ar ao ver a silhueta sombria atrás dele.

Então, José Luís tombou, ferido.

De toda parte, surgiram figuras encapuzadas, como se saíssem da terra. Os capuzes eram tão escuros que pareciam absorver todos os vestígios de luz a sua volta. Um surgiu atrás de Philippe, e Nicole deu um grito de alerta.

Ele se virou, exatamente quando os outros entraram em cena. Armand pôs-se em movimento, um giro de magia e morte. O último raio do sol que se ia iluminou a espada que empunhava. A mente em choque de Nicole perguntou-se de onde aquilo teria vindo. O homem se reviou como um espírito demoníaco, cantando, proferindo maldições, expondo a lâmina mortal. Três silhuetas tombaram. Outras apareceram para tomar-lhes o lugar.

De cima de um telhado próximo, Nicole ouviu um gemido ensurdecedor. Olhou para cima e viu Pablo. Ele estendeu lentamente as mãos; uma luz repentina pareceu tomar conta do seu corpo. Um brilho fantasmagórico saído dos seus dedos envolveu o quarteirão inteiro. As figuras sombrias guincharam, tentando se livrar da luz.

De repente, uma mão agarrou o braço de Nicole, puxando-a para trás. Um instante depois, outra criatura apareceu no lugar antes ocupado por ela. Alonzo segurou o braço de Nicole, mas deu um passo à frente. Segurou um crucifixo no rosto da criatura.

– *Ego te expello in nomine Christi*.

A criatura se retraiu e se dissolveu diante dos seus olhos. Ela olhou de Alonzo para o crucifixo na sua mão estendida.

– Ei, usamos o que funciona. – Deu de ombros. – Era um demônio. – Fez um gesto em direção ao local de onde Pablo ainda iluminava a cena. – Eles têm mais motivos para

Maldição

temer a Luz do que nós. O problema é que nem todas essas coisas são demônios.

Alonzo se afastou, chamado por Armand. O homem mais jovem estava sendo atacado por criaturas encapuzadas usando suas próprias espadas. A luz azul piscou por um instante, e Nicole olhou para cima, nervosa. A força de Pablo se esvaía. Talvez ela pudesse subir ao telhado e ajudá-lo.

Seu couro cabeludo começou a formigar, e ela se virou a tempo de derrubar uma figura que vinha na sua direção. Um demônio ou outro tipo de criatura? Não saberia dizer, mas podia sentir o poder que começava a surgir dentro de si mesma. Deu vida a uma bola de fogo. Se fosse humano, queimaria. Se fosse demônio, iria se sentir em casa. A coisa se virou no exato momento em que a bola de fogo explodiu em seu peito, uma gargalhada profunda saiu de dentro dela, e Nicole ficou de cabelo em pé. Ela se aproximou, e a menina preparou-se.

Uma bola de luz azul brilhante explodiu no peito da criatura, e ela permaneceu alguns instantes com o olhar fixo, antes de se dissipar na fumaça. Atrás do lugar ocupado antes pela criatura estava Philippe. Sorriu de leve antes de voltar à batalha contra dois outros demônios que tentavam atingi-lo.

Ela se mexeu para ajudá-lo. Foi quando a luz de Pablo se extinguiu, e o quarteirão inteiro mergulhou na escuridão. Nicole sussurrou um encantamento para ajudar sua visão, mas a melhora foi muito pequena.

Braços a envolveram, levantando-a, e ela gritou nos ares. Abriu a boca para berrar um encantamento, mas a mão forte que a segurava tapou seu nariz e sua boca, impedindo-a de respirar. Ela se debateu, tentando libertar-se, mas seu algoz era forte demais. Sua força se esvaía, e ela tentou virar o corpo. O capuz da criatura caíra, e ela viu um rosto familiar, o rosto que vira nos seus sonhos.

Quando o mundo se tornou negro, a última coisa que lembra ter ouvido foi a voz de Philippe ecoando na sua mente:

– *Vou encontrar você, Nicole. Vou buscá-la no céu ou no inferno se for preciso.*

Amanda, Nicole, Kari: Seattle, Novembro

Tante Cecile, Silvana e Tommy – que não foram chamados para o encontro na barca – encontraram Holly e Amanda no hospital. Assim como muitos outros sobreviventes, elas haviam sido levadas para a sala de conferências, longe do burburinho da imprensa que pedia relatos das testemunhas do acidente, querendo saber exatamente o que acontecera nas águas escuras.

O lugar estava um caos: pessoas chorando, enroladas em cobertores, outras gritando, algumas em silêncio, paralisadas, nas cadeiras estofadas do salão de conferências ou em outras de metal, que tinham sido levadas para lá. Na mesa da sala de conferências, estavam dispostas garrafas térmicas com café e sanduíches.

Num canto da sala, as duas praticantes de vodu envolviam as bruxas nos seus braços; todas elas chorando a perda de Eddie.

Então Nicole ligou para Amanda – cujo celular, por milagre, ficara no bolso do seu jeans e sobrevivera ao inferno, protegido pela capa à prova d'água –, e ela contou à irmã o que acontecera a Eddie.

Maldição

Tio Richard telefonou do estacionamento do hospital para dizer que havia um alvoroço do lado de fora e que as buscaria assim que conseguisse. Ele não se lembrava da sua possessão. Holly e Amanda concordaram em mantê-lo sem saber.

Kialish apareceu. Não conseguiram localizar Dan. Coube à Holly dar a notícia terrível da morte de Eddie. Kialish desmoronou, agradeceu e disse a ela que estava muito feliz por ela e Amanda terem sobrevivido.

Holly sentiu-se terrivelmente mal; não lhe contara que abandonara Eddie aos monstros. *Que eu poderia ter salvado o Eddie. Escolhi Amanda... e nem mesmo sabia se ela ainda estava viva.*

– Por que você nos disse para ir? – gritou Holly com Tante Cecile, empurrando a sua culpa para a outra. – Um encontro na *água*?

Tante Cecile encarou-a com raiva.

– Mas é lógico que eu não faria isso, Holly! Vocês foram enganados! Todos nós fomos!

– Mas... – Amanda secou os olhos. – Mas você me ligou.

Tante Cecile balançou a cabeça.

– Não, eu não liguei.

As duas primas bruxas se olharam, longa e duramente.

– Michael – disse Holly, travando o maxilar.

– Mas era exatamente a sua voz – murmurou Amanda. – Como ele consegue fazer isso?

– Da mesma forma que nós fazemos muitas das coisas que fazemos – interveio Silvana, o seu braço envolvendo o sofrido namorado de Eddie. O rosto dele estava cinza; nos últimos cinco minutos parecia ter envelhecido vinte anos. – Com magia.

– Talvez por isso ninguém tenha ligado para mim – disse Tommy. – Michael não sabe da nossa ligação.

Lágrimas rolavam no rosto de Kialish.

– Holly... – Seus ombros estremeceram, e ele começou a soluçar. – Me diz que foi uma morte rápida.

Ela engoliu com dificuldade.

– Foi. Ele nem viu o que estava acontecendo.

Oh, minha Deusa, me perdoe.

Uma mulher de avental colorido se aproximou e abraçou Kialish, dizendo:

– O senhor precisa de alguma coisa?

Ele balançou a cabeça, completamente vencido. Como um homem muito velho, deixou que ela o encaminhasse até uma cadeira. Ela lhe deu um sanduíche e uma manta. Ele olhou para o que recebera como se jamais tivesse visto coisas tão estranhas na vida.

Silvana levou as mãos aos ombros de Kialish, fechou os olhos, e fez um encantamento silencioso.

Tante Cecile voltou-se para Holly e Amanda.

– Viram como ele trabalha contra nós? Como é importante que fiquemos juntos? – encarou Holly. – E por que você deve continuar sendo nossa Sacerdotisa-Mor? O seu poder é mais forte do que o de Amanda.

– Nicole vai voltar para casa – acrescentou Amanda. – Seremos três de novo.

Holly tinha a sensação de ter engolido uma pedra. Disse:

– Mas o Jer e eu... nosso poder combinado é ainda mais forte. Inacreditavelmente forte.

As outras olharam para ela, incrédulas.

Maldição

— Não ouse nos abandonar, Holly! — gritou Amanda.

Tommy foi até Amanda e a envolveu, passando seu braço em volta da cintura da moça, como fazem os namorados protetores — não os melhores amigos. Apesar da distração, Holly percebeu o gesto.

— Ele vai nos vencer se não conseguirmos ajuda — respondeu Holly. Tentava manter a voz calma. Depois de respirar fundo, disse: — Sei disso no fundo da minha alma, Manda. Preciso ver o Jer. Meu poder combinado ao dele pode derrotar Michael.

— Você não sabe disso! Não pode saber! — gritou Amanda. Cabeças voltaram-se na direção delas. — Você é como nós, vai descobrindo as coisas enquanto elas acontecem!

— Shh, Manda — tentou acalmá-la Tommy. — Ele pode ter espiões por aqui. É melhor sermos discretos.

Silvana ergueu a mão.

— Vou levar Kialish para casa — anunciou.

Isso encerrou a discussão. Todos olharam para a aparência descabelada de Kialish, sua expressão de abandono, desamparo, e o calor da discussão simplesmente desapareceu. Tommy manteve o braço em volta de Amanda e esta deixou que ele assim permanecesse.

— Ok — disse Tante Cecile, obviamente orgulhosa da filha. — Cuidado. Muito cuidado.

— Não é de nós que eles estão atrás — disse Silvana.

Holly sentiu nova pontada de vergonha. *Vou matar todo mundo, um a um. Carrego a maldição. Será que vai acontecer com o Jer? Será que vou matá-lo também?*

Lua da Semeadura

Preciso ir atrás dele. Sei disso. E sei que não é Michael quem está me guiando até ele...

Na janela da sala de conferências do hospital, Fantasme, espírito familiar dos Deveraux, guinchou e bateu as asas. Acabara de voltar para Michael, vindo da Inglaterra, voando magicamente até Seattle num piscar de olhos.

O pássaro rodeou a Lua, girando seu corpo negro e brilhante.

Depois, adentrou o estacionamento do hospital em grande confusão, pousando no braço estendido de Michael, que o esperava ali.

O olho da ave encontrou o olho do bruxo, e Michael viu tudo que Fantasme presenciara. Fez um gesto afirmativo.

– Hora de enganá-los – disse ao pássaro.

Com um aceno de mão, dividiu a multidão à sua frente. Todos se moveram sem perceber; e ele teve o caminho livre sem que ninguém reparasse.

Desceu as escadas, desdenhando o elevador. Câmeras não estavam apontadas naquela direção; repórteres não o viam. Ninguém o viu, nem a mágica e enorme criatura empoleirada no seu braço.

Ao pé da escada, perto de um arbusto, ele estalou os dedos.

O diabrete apareceu, a boca com suas presas, o sorriso largo, seus olhos brilhando de júbilo. Michael canalizou a mente de Ariel, personagem de *A tempestade*, de Shakespeare.

A criatura, ao lado de Michael, encarou-o, ansiosa, e perguntou:

Maldição

– O que estamos fazendo?

– Nada de bom – informou Michael.

Seguiram em frente, três figuras que poderiam estar sozinhas numa floresta, já que ninguém notou a sua presença. Então, Michael fechou os olhos e entoou um encantamento para descobrir onde estavam Holly Cathers e seus companheiros de confraria.

Os de nome Silvana e Kialish eram escoltados por uma mulher muito animada de avental com motivos havaianos, e ela tentava em vão fazer com que eles levassem alguns sanduíches com eles. Michael sacudiu a cabeça, maravilhado com o comportamento tão equivocado. O rapaz acabara de perder o seu amor, pelo amor de Deus.

Continuando sua caminhada sem obstáculos, Michael e seus companheiros dirigiram-se à mesma saída, passando por cima dos cabos dos equipamentos conectados pelas equipes de TV, observando os efeitos emocionais do seu ataque à barca.

Foi um trabalho bem-feito, pensou. *Serei censurado por isso, sem dúvida, por realizar magia num espaço público.*

A repórter estava diante da câmera, descrevendo sua versão do que acontecera.

– Uma enorme baleia cinza, perdida, causou tumulto hoje, mais cedo – começou a falar –, ao virar por acidente uma barca. Para completar a tragédia, um cardume de tubarões atacou de maneira cruel os passageiros, e todos teriam sido salvos pelo barco da guarda costeira que chegou depressa ao local do acidente se conseguissem nadar com mais rapidez em busca de segurança...

Lua da Semeadura

Alguns vão se lembrar do que aconteceu de verdade, pensou. *Outros esquecerão.*

De qualquer maneira, sir William não ficará satisfeito. Mas não há muito que possa fazer. Ele quer o Fogo Negro.

Estavam quase na porta de saída – ele e seus companheiros, Silvana e Kialish. A dor os retardava; os encantamentos de proteção que haviam espalhado em volta do corpo seriam neutralizados com facilidade.

E ele o fez com alguns encantamentos e gestos de mãos.

Então, a porta de saída se abriu e ele plantou-se com um jeito dramático na frente dela.

– Oi – disse à dupla assustada.

Silvana abriu a boca; se para gritar – ou dizer oi em resposta – ele não fazia ideia.

O diabrete disparou à frente e deu uma volta nela, os dois punhos cerrados, socando-a no rosto. Kialish teria gritado, mas Michael jogou-lhe uma bola de energia brilhante e o derrubou.

Os dois caíram no chão.

Michael foi até uma maca vazia encostada na parede, puxou-a e colocou os dois sobre ela, Kialish primeiro, Silvana sobre ele, como se fossem lenha para lareiras ou fogueiras.

Assoviando, empurrou-os para fora.

Ninguém percebeu. Ninguém tentou impedi-lo.

Ela vai ficar completamente louca, pensou, *deliciado. E não deixarão que vá atrás do meu filho.*

Então, o falcão inclinou a cabeça para trás e gargalhou. O diabrete se juntou a ele, rindo de modo demoníaco. Michael apenas sorriu.

OITO

LUA DO PLANTIO

☾

Tema-nos agora que o nosso poder aumenta,
Tenhamos força para derrubar todos os nossos inimigos,
Vontade para esmagá-los e anseio de feri-los.
Não descansaremos até que mortos todos estejam.

Crescendo, inchando, toma a noite,
Brilha sobre nós com a sua luz.
Abençoada Lua no céu,
Guie-nos agora, diga-nos como viver.

Nicole: A Caminho de Londres, Novembro

Nicole acordou com a sensação de que vomitaria. Deitada, via tudo a sua volta girar. Quieta, tentava combater a náusea enquanto seu cérebro tentava compreender onde estava.

Parecia estar reclinada no banco traseiro de um carro; tentou sentar-se, mas não conseguiu. Seus braços e pernas pareciam estar amarrados, ela espichou o pescoço e enfim conseguiu ver cordas prendendo os seus membros.

De repente, lembrou-se de tudo. Da batalha, da mão tapando-lhe a boca e o nariz, do rosto perverso.

E, acima de tudo, da voz de Philippe dizendo que iria resgatá-la.

Lua do Plantio

Com um sussurro, ordenou às cordas para que os nós se afrouxassem. Uma dor aguda perfurou o seu crânio, mas as cordas não cederam. Ela piscou tentando afastar a dor e tentou de novo. Nada, além de mais dor.

Alguém riu rouca e profundamente.

– Esqueça. Você está muito bem amarrada, física e magicamente.

Eli. Uma onda de ódio tomou conta do seu ser. Eli estava por trás daquilo. *Claro*.

Mas e o outro homem, o da sua visão? Onde ele entrava nisso tudo?

Sacolejou terrivelmente quando o carro passou por um buraco. Seu estômago revirou ainda mais. O carro virou de repente à direita, e ela bateu com o topo da cabeça na porta. O automóvel parou ab-ruptamente. Ela escorregou no banco, bateu na parte de trás dos bancos da frente e caiu no vão entre os assentos da frente e os de trás.

Enjoada, esperou ser socorrida. Vários minutos se passaram até que a porta de trás fosse aberta. Eli riu, cruel.

– Isso não pode ser confortável.

Ela engoliu uma resposta, recusando-se a morder a isca. Ele segurou seus pés e outra pessoa suspendeu seus ombros. Colocaram-na de volta no banco traseiro. Então, Eli agarrou seus tornozelos e começou a puxá-la para fora do carro. A fricção feria suas pernas. Mas ela estava mais preocupada com a sua blusa, que começava a levantar até a altura do sutiã. Enfim, seus pés encontraram o chão e, com a ajuda de Eli, ela conseguiu se sentar. Ele segurou a sua blusa e a puxou para fora do carro, a deixando de pé.

Maldição

O outro homem deu a volta no carro e seus olhos encontraram os dela. Ele se abaixou, colocou os ombros dele entre suas pernas e se levantou. Ela ficou pendurada nas costas dele, sentindo-se impotente e irritada por ser carregada como um saco de batatas. Seu queixo chocava-se dolorosamente com as costas dele, e ela se sentiu um pouco melhor quando ele gemeu.

O pequeno prédio lembrou a Nicole os chalés que visitara com a confraria de José Luís. Mas o chão, aqui, estava coberto de poeira e a mobília era muito rústica. Recusou a cadeira que os sequestradores lhe ofereceram, escolhendo permanecer de pé. Isso fazia com que sentisse maior controle, mesmo que isso fosse uma ilusão. Eli e o outro homem conferenciaram juntos por alguns minutos, falando em sussurros. Por fim, o estranho virou-se para ela.

– Me mate logo e acabe com isso – disse ela.

Nicole gemeu, porque suas palavras soaram frágeis, até mesmo para ela. Estava tentando fazer uma declaração corajosa da sua vontade. Em vez disso, soara impotente, uma vítima sofredora com medo das intenções dos seus raptores mais do que da morte.

Os lábios dele se transformaram em um sorriso cruel. Ele se aproximou, tão perto dela que quase a tocava. Encarou-a, e ela se forçou a manter o olhar.

– Talvez eu faça isso. Provavelmente, não farei.

As palavras permaneceram no ar entre eles, metade uma ameaça, metade uma promessa. Um brilho frio e gelado podia ser visto nos olhos dele: era o olhar de um predador espiando sua presa e imaginando o seu sabor.

Ela levantou o queixo, mais uma atitude instintiva de desafio. Expondo a sua garganta, demonstrava não ter medo, pelo menos em teoria. Um sorriso de lobo formou-se no rosto dele, e o homem expôs os dentes muito discretamente. Seus olhos a encaravam profundamente, revelando seu ódio, seu desprezo e mais alguma coisa.

Ele se afastou de modo ab-rupto e desviou o olhar, gemendo, mas era tarde demais. Ela vira o que ele não queria revelar. Além da crueldade, do ódio, vira curiosidade.

Ela poderia usar isso.

Testou com discrição as cordas que a amarravam, física e psicologicamente. Não houve afrouxamento. Holly seria capaz de escapar das amarras. Holly talvez até fosse capaz de dar conta de Eli e do outro homem, caso estivesse mais forte agora. Mas havia algo que Holly não poderia fazer, mas Nicole sim.

Quando ele olhou de novo para ela, Nicole encarou-o e sorriu. Os olhos dele se estreitaram, mas não se desviaram.

Encorajada, ela perguntou:

– Quem é você?

A voz dele foi tomada de orgulho ao responder:

– Sou James, filho de sir William Moore e herdeiro do trono da Suprema Confraria.

– Suprema Confraria? Isso deveria significar alguma coisa para mim?

Ele rosnou baixinho.

– Deveria, bruxa. Se você tivesse meio cérebro, estaria tremendo de pavor à simples menção do nome dela.

Maldição

Ela se permitiu um sorriso.

– Desculpe. Nunca ouvi falar dessa confraria, nem do seu pai, nem de você.

Ele se aproximou devagar e, por um momento, ela achou que tivesse ido longe demais. Ele ergueu a mão, como se fosse atacá-la, mas, em vez disso, estalou os dedos acima do cabelo dela e puxou o rosto dela para perto do seu.

– Você vai desejar nunca ter ouvido falar de nós quando o meu pai tiver terminado com você.

O sono não veio fácil naquela noite. Ela ficou estendida no chão poeirento, o rosto de encontro a terra. Os dois homens se revezavam para dormir, e ela podia sentir os seus olhos observando-a. Quando, enfim, pegou no sono, foi acordada minutos depois por uma mão áspera tocando o seu ombro.

– Hora de irmos – informou Eli, rude.

Pelo menos, permitiram que ela se sentasse no banco de trás do carro, apesar de seus braços permanecerem fortemente amarrados. Estava tão cansada, que se flagrou cochilando, sendo acordada de vez em quando por buracos na estrada.

Estava exausta quando chegaram, de noite. A pequena cabana era um pouco melhor do que o lugar onde ficara na noite anterior. Pelo menos, tinha camas.

Os homens conseguiram pão e queijo em algum lugar, e Nicole desejou que a desamarrassem. Mas a esperança foi em vão. Eli alimentou-a enquanto James andava de um lado para o outro. Entre uma mordida e outra, ela conseguiu perguntar:

Lua do Plantio

— Por que estamos demorando tanto para chegar aonde temos que ir?

— Esse é o caminho mais curto, considerando as opções. A nossa magia é forte, mas seria difícil manter um aeroporto inteiro, cheio de gente, sem falar nos passageiros do voo, sem perceber que você é nossa prisioneira. E também desnecessário. Mais dois dias e chegaremos aonde temos que estar – respondeu James, sem parar de andar.

Eli enfiou mais um pedaço de pão na sua boca, e Nicole o encarou, odiando-o tanto quanto odiava a si mesma. Não conseguia acreditar que já tivera atração pela natureza sombria daquele homem. Fora tão tola de acreditar que poderia domá-lo. Como se lesse os seus pensamentos, ele sorriu para ela da maneira que costumava fazer quando a tocava, quando estava...

Ele começou a despi-la com os olhos, e ela virou o rosto, enojada. Seus olhos se concentraram nos passos de James, e um pensamento a surpreendeu.

Sexo é a fraqueza do Eli. Sempre foi, mesmo antes de mim.

Ela virou devagar a cabeça, deliberadamente encarando Eli, e piscou os olhos uma vez, duas vezes. *Calma, sem exagerar.* Sorriu e olhou para ele de maneira sugestiva. Ofereceu o seu melhor olhar sedutor e viu que ele lambeu os lábios com nervosismo, encarando James.

No tempo em que estiveram juntos, uma observação cuidadosa fizera-a acreditar que Eli temia James e, de alguma maneira, não o respeitava. Agora ele a encarava, movendo nervosamente o corpo, talvez sem se dar conta da linguagem corporal.

Maldição

Ok, vou tentar... com os dois.

James era um desconhecido, mas Eli ela conhecia bem. Ele era conhecido por desejar o que quer que outra pessoa tivesse. Baixou os olhos para impedi-lo de saber que o rubor nas suas bochechas não se devia a memórias antigas dos velhos tempos, mas à vergonha.

Olhou para James da mesma maneira que fizera com Eli, e ele mordeu a isca. Logo, encarava-a, demonstrando interesse, e Eli reagiu. Sem que percebessem, os dois bruxos a circundavam, um de olho no outro.

Ela ficou exultante, triunfante... E um pouco convencida por todos os anos que Amanda zombara dela por se preocupar com o que os rapazes pensavam dela.

Quando estivermos juntas, vou ter que contar isso para Holly e Amanda. E nós vamos ter que aprender algumas coisas sobre a magia do sexo.

Tudo podia se resumir a isso: Michael seduzindo a mãe e toda a história de Jean com Isabeau; ter uma sacerdotisa-mor e um homem de "braço longo". *Como assim? Braço longo?*

Depois de dois dias, as amarras mágicas haviam se afrouxado um pouquinho. Ela teve a chance de experimentar outra coisa, um pequeno encantamento que não seria percebido pelos dois homens. Um encantamento pequeno o suficiente para ser encoberto pela energia mágica que já acontecia entre eles. Algo muito pequeno.

Ela chamou o seu próprio glamour, algo que fizesse com que ficasse ainda mais bonita e, se a Deusa permitisse, completamente irresistível.

Lua do Plantio

Na hora do jantar, James a desamarrou. E a sua proximidade a excitava; ela não podia negar. A beleza dele lhe dava um ligeiro arrepio na espinha.

No café da manhã, até ela tinha dificuldade de lembrar-se de que a eletricidade entre eles era fruto de um de seus encantamentos.

– O que o seu pai vai fazer comigo? – perguntou a James enquanto compartilhavam uma garrafa de vinho com Eli.

James encolheu os ombros, com indiferença.

– Matar você, eu acho. Afinal de contas, você é uma Cahors.

– E você é um Moore – disse ela. – Criador do sanduíche de galinha da Suprema Confraria. – Isso se tornara uma piada entre eles.

Sorrindo, ele aquiesceu e tomou um gole de vinho.

– Não precisa ser assim – murmurou ela.

Ele riu perigosamente baixo e passou-lhe a garrafa.

– O que existe atrás de um nome, hein, Rosebud?

– Você é um fã de cinema. – Ela aceitou o vinho e bebeu um pouco. Suas mãos tremiam, estava apavorada.

Mas ainda estou viva.

– Sou um fã de cinema – disse ele, satisfeito, mas havia um brilho estranho nos seus olhos.

Mas não estou a salvo. Nem um pouco.

Ela é uma gostosa.

James não confiava nela. Mas estaria mentindo se não admitisse que estava atraído. Todo mundo já ouvira os rumores do poder de união de Cahors e Deveraux. Estava claro que isso não funcionara com Nicole e Eli. Talvez não tivesse nada a ver com as confrarias. Talvez isso se devesse a certa combinação entre bruxa e bruxo. A Confraria Moore agora era mais poderosa do que a Confraria Deveraux. Talvez liderança fosse essencial. Lambeu os lábios enquanto imaginava uma aliança que podia trazer-lhe ainda mais poder.

Com a magia Cahors aliada à sua, ele não conseguiria falhar em destronar o pai.

Humm...

Ele a encarou e não conseguiu confiar no que viu dentro dos olhos dela. *Ela me quer... ou então é muito boa em fingir.*

Ok, talvez a vadiazinha estivesse jogando com ele. Mas talvez não estivesse. Ele não era de se jogar fora; e, ah, sim, baby, falando em jogar fora...

Olhou para Eli e percebeu que o outro homem encarava Nicole. Uma ligeira onda de raiva fez com que tremesse.

Você já teve a sua chance. Agora, cai fora.

Uma voz vinda de algum lugar parecia sussurrar no seu ouvido: *Tudo isso tem a ver com o poder. É disso que ela gosta. Você tem poder. Ele não.*

Ela quer sentir o seu poder, James.

É isso que ela quer. O seu poder.

Você.

Não é preciso matá-la... não mesmo.

Você pode possuí-la. Ela o deseja.

Você, James. Você pode ter a bruxa Cahors.

James sorriu devagar enquanto enlaçava a cintura de Nicole. Ela pousou a sua mão sobre a dele e o olhou de um jeito que foi difícil para ele impedir-se de tomá-la ali mesmo.

Mas o aplicado Deveraux, Eli, estava por ali, e não seria uma boa ideia provocar uma briga com um potencial aliado, principalmente porque estavam viajando juntos.

Logo, estaremos na Inglaterra.

E eu acho que talvez tenha uma surpresinha para o meu pai.

Rei James I: na Rota para a Inglaterra Vindo da Dinamarca, 1589

Abaixo do deque, nas imediações do seu território real, o rei da Escócia observava a sua noiva, a qual trazia para casa. Ela era bonita. Alguns anos mais jovem do que ele, mas a sua mente era de natureza inquiridora, e ela tinha ar de mulher mais velha. Suas saias brancas, muito enfeitadas, eram adoráveis. E o paletó preto que vestia também era extremamente elegante.

Ele olhou para as rosas decorativas enfeitando os sapatos dela, e perdeu-se em pensamentos sobre sua beleza. Poucos homens tinham o privilégio de casar com uma mulher daquelas, e ele faria tudo ao seu alcance para fazê-la feliz.

Enfim, ele ergueu o olhar e se aproximou de Anne, um sorriso colorindo as suas feições.

— Acho que devo escrever um poema sobre os seus olhos.

Ela corou.

— Você já escreveu uma dúzia de poemas para mim.

— Sim, mas nenhum exclusivamente devotado a essas magníficas piscinas de luz que refletem a beleza e a pureza da sua alma.

Ela riu, constrangida, mas ele sabia, pela reação dela, que estava satisfeita.

Maldição

– Temos ainda meio dia de viagem até chegarmos ao porto. Com certeza, o rei da Escócia, e um dia da Inglaterra, pode encontrar maneiras melhores para ocupar o seu tempo do que escrever poemas de amor, não?

Ele pegou a mão dela e olhou dentro dos seus olhos.

– Nada é mais importante para o rei do que a sua rainha. Não foi Deus quem ordenou que o amor fosse nossa obrigação mais elevada? E, como marido, devo cuidar de você como Cristo fez com os seus fiéis. Portanto, como poderia eu comandar um país sendo incapaz de seguir a mais simples das ordens de Deus? Como posso comandar milhares com compaixão se olho para o seu rosto maravilhoso e não sou movido pela poesia?

Ela sorriu.

– James, amo a sua poesia. Apenas desejo que tudo que você escreve seja tão agradável de ler.

Ele acariciou a mão dela.

– Você está se referindo às coisas demoníacas que venho tracejando.

Ela estremeceu.

– Coisas tão terríveis, tão assustadoras.

– Querida Anne, nem todo mundo é tão bonito quanto você. Este mundo está repleto de coisas terríveis, tanto de demônios quanto de pessoas destruídas que servem a eles. É nosso dever desfazer os mitos e as negações que cercam tais criaturas. Precisamos lançar a luz da verdade sobre aqueles que habitam a escuridão.

Ela balançou lentamente a cabeça.

– Alguns deles parecem tão fantásticos.

Lua do Plantio

– Quem? Demônios ou bruxas?

Ela jamais teve chance de responder. O navio foi sacudido com violência. James e Anne foram lançados de encontro à balaustrada; pelos lados, a água cascateou e subiu-lhes à altura dos tornozelos.

Exclamações alarmadas vinham de todos os cantos do navio.

– Coragem, minha querida – gritou James ao mover-se em direção à lateral do navio. Seu plano era levá-los para o deque, acima da linha-d'água, onde estariam em segurança.

Depois de equilibrar-se em uma de suas laterais por um tempo que pareceu uma eternidade, a embarcação adernou mais um pouco.

– Anne, agora! – berrou James, debatendo-se contra a água.

– Não posso! As minhas saias!

Ele se virou para vê-la. Seu esplêndido vestido não estava apenas arruinado, ele a estava matando. As saias absorviam muita água; ela jamais seria capaz de nadar com elas. Se precisassem abandonar o navio, o peso do tecido a puxaria para baixo como se fosse uma pedra, até que ela morresse.

Mal conseguindo pensar, ele se esforçou para chegar ao outro compartimento e pegou sua espada caída no chão. A água já ia na altura da cintura quando ele voltou para Anne.

Desembainhando a arma, ele começou a rasgar as saias dela até ser capaz de livrá-la de quase todo o tecido. Ela ficou com as roupas de baixo, olhando-o assustada. Ele agarrou a sua mão e a tirou da cabine. Estavam no meio da escada, subindo, quando o navio adernou de novo.

Maldição

Ele continuou subindo, agarrando a mão dela, puxando-a quando necessário. Conseguiram chegar ao deque no momento em que uma onda quebrou-se sobre ele. Os dois foram dragados pela água. Ele lutou para chegar à superfície, Anne ainda agarrada à sua mão, junto com ele. Ele sentia os pulmões queimarem pela falta de oxigênio.

Exatamente quando imaginou que tudo estava perdido, conseguiram chegar à superfície. O ar tomou conta dos seus pulmões, ele recuperou o fôlego e tossiu. Virou-se, examinando a água. Um barquinho flutuava à distância, e eles começaram a nadar em sua direção, gotas de chuva nos seus rostos.

Quando chegaram ao barco, mãos se estenderam puxando-os para dentro. Pescadores ansiosos estudavam os seus rostos e perguntaram se estavam feridos. Devagar, James balançou a cabeça em negativa. Virou-se para olhar mais uma vez para o seu navio.

Tudo que restava visível da embarcação real era o casco e, enquanto ele assistia, este era dragado pelas ondas escuras. Tão de repente quanto começara, a tempestade se dissipou.

O capitão do barco pesqueiro fez o sinal da cruz.

– Nunca vi nada assim.

– Como? – perguntou James, de imediato.

– Essa tormenta. Veio de lugar nenhum. Parecia uma coisa viva, passando por nós para atacar o seu navio. Que Deus tenha piedade.

Com o olhar duro, James virou-se para Anne.

– Você ainda duvida da existência de bruxas?

★ ★ ★

Lua do Plantio

Essas bruxas... podem criar tempestades no ar, sobre o mar ou sobre a terra firme, mas não no mundo inteiro, apenas em lugares específicos e fronteiras determinadas, onde Deus permite a sua presença perturbadora: e essas tormentas são bastante fáceis de distinguir das tempestades naturais, por serem súbitas e violentas, além de durarem pouco.

O rei baixou sua pena e pressionou as têmporas.

Seu conselheiro de confiança esperou com paciência. O homem sabia que não devia interromper James quando este escrevia. Enfim, o rei ergueu a cabeça, triste.

– Nenhuma palavra sobre a identidade da bruxa que tentou matar a mim e à rainha?

Depois de meses de respostas negativas, ele temia jamais descobrir quem fora a responsável. Mas tivera algum sucesso em desentocar algumas delas e lançar luz sobre os lugares sombrios onde se escondiam.

– Sim, Vossa Majestade – disse o homem, claramente satisfeito consigo mesmo. – Um cavalheiro gostaria de falar com Vossa Majestade em particular. Ele diz saber quem é a bruxa responsável pelo ataque ao navio.

James piscou os olhos, surpreso. *Seria verdade?* Esquecendo-se do cansaço, ordenou:

– Mande-o, e cuide para que ninguém nos perturbe.

Seu servo fez uma mesura e saiu. Em alguns instantes, voltou com um homem alto, de cabelos escuros, e saiu de novo, fechando a porta.

– Vossa Majestade – cumprimentou o estranho, com um joelho no chão.

James indicou que o homem se levantasse e adiantou o corpo para ouvir o que tinha a dizer.

Maldição

– Levante-se senhor. Diga-me quem é o motivo da sua vinda aqui.

O homem fez o que lhe fora ordenado, mas baixou a cabeça em sinal de humildade, e anunciou:

– O meu nome é Luc Deveraux, Vossa Majestade. Estou aqui, porque compreendo que temos uma inimiga em comum.

James ergueu uma sobrancelha.

– E quem seria essa desafortunada?

– O nome dela é Barbara Cahors.

O rei ficou um pouco desapontado. Não era nenhum dos nomes que conhecia.

– O nome não me diz nada.

– Em breve dirá, Vossa Majestade – disse Luc Deveraux, com sinceridade, expressando extrema preocupação –, pois ela é a bruxa que tentou matar Vossa boa dama e o próprio rei.

James adiantou-se ainda mais, olhando para o homem com intensidade. *Era exatamente isso que eu desejava ouvir. E, mesmo assim, duvido. Cortejadores esforçam-se em agradar-me... ou tentam satisfazer-me.*

Com grande seriedade, perguntou:

– Como posso saber que você não tem uma vingança pessoal a realizar contra essa mulher, e que não está tentando levá-la à ruína por minhas mãos?

– Mas eu *tenho* uma questão pessoal com ela – afirmou Deveraux. – Isso eu tenho, e mantenho a minha acusação.

★ ★ ★

Lua do Plantio

O rei e a rainha presenciaram a queima às bruxas. Barbara Cahors e a sua ajudante foram lançadas em grandes fogueiras, sentenciadas culpadas dos crimes de bruxaria e tentativa de assassinato do casal real. Luc Deveraux também compareceu, próximo o bastante para que Barbara pudesse vê-lo, longe o suficiente para que não pudesse identificá-lo com facilidade entre os soldados que a escoltavam.

Um sorriso malévolo tomou conta do rosto do duque ao ver a bainha do vestido de Barbara pegar fogo. Em breve, a bruxa queimaria, assim como tantas outras inocentes antes dela. Mas Barbara não era inocente. Ele a levara àquele lugar com grande esforço. Espiões e magias lhe revelaram todas as remanescentes da Confraria Cahors. Barbara era uma das muitas que planejava matar. A destruição dos seus inimigos lhe proporcionava grande satisfação. Talvez, finalmente, a Confraria Deveraux estivesse prestes a se livrar da Confraria Cahors.

Mas sua vitória não estava completa. A jovem filha de Barbara, Cassandra, escapara, e, apesar de ele ter percorrido os quatro cantos, não encontrara a criança. Sem a mãe para treiná-la, a menina talvez nunca chegasse à totalidade do seu poder. Vivesse ou morresse, a espinha dorsal da Confraria Cahors estava partida, e os Deveraux ascenderiam.

James: Londres, Novembro

Na sede da Suprema Confraria, sir William olhava para o seu filho, James, que andava pelo cômodo. O jovem estava diante dele, e não lhe prestava o devido respeito. Excitação e arrogância exalavam do rapaz como um perfume.

Maldição

– Pai.

– Então você está de volta. Com sucesso?

James sorriu.

– Mais do que o esperado.

Ele se virou, e uma jovem foi escoltada até eles. Apesar de ter as mãos amarradas às costas, estava composta, ereta e se comportava com graça. Sir William respirou fundo. Podia sentir o cheiro do medo que vinha dela, mas, não fosse isso, ela até que disfarçava bem.

– Pai, permita-me apresentar Nicole Anderson, minha noiva.

Holly: Seattle, Novembro

Depois que Silvana e Kialish deixaram o hospital, Holly, Amanda, Tommy e Kari permaneceram ali num clima estranho, nervoso, bastante estremecidos entre si. Ninguém dizia uma palavra. Tommy olhava em torno, impotente, incapaz de confortar Amanda ou as outras duas.

Ficou para Tante Cecile a tarefa de quebrar o silêncio.

– Precisamos fazer um círculo e perguntar à Deusa qual o melhor caminho agora: se Holly deve ou não salvar Jeraud. Temos a capacidade de buscar ajuda e indicação, e devemos fazer isso.

Os lábios de Holly se abriram para protestar. *E se ela disser não?* Ocorreu-lhe que, apesar de ter feito sua parte como Sacerdotisa-Mor por meses, não se dirigira diretamente à Deusa. Encarava os sucessos dos seus encantamentos mais ou menos como se fossem experimentos bem-sucedidos da aula de química. A ideia de desfazer-se da sua vontade era aterradora.

Tante Cecile encarou-a como se lesse os seus pensamentos. Devagar, fez um gesto afirmativo.

– Você está apenas começando – disse. – Está prestes a reclamar de verdade o seu direito de nascença, Holly.

Holly sentiu um nó na garganta. Seu peito estava tão apertado que mal conseguia respirar. Amanda franziu o cenho, confusa, e Kari disse, com ansiedade:

– Do que vocês estão falando? É alguma espécie de código?

Uma grande onda de medo tomou conta de Holly. Em meio ao caos e à confusão, estava sobrecarregada. *Se eu fizer isso – se concordar em realmente me colocar nas mãos Dela – vou ser diferente para o resto da vida. E se a minha Deusa for uma dama impiedosa? E se a aliança com ela foi o que fez dos Cahors anteriores a mim tão violentos?*

– A escolha é sua – disse Tante Cecile. – Você pode não aceitar.

– Vamos deixar Kialish sofrer o seu luto, hoje – disse Holly. – Faremos o círculo amanhã à noite e eu me apresento à Deusa. – Disse para Amanda: – Não posso deixar você liderar a confraria. A responsabilidade é minha.

– Mesmo assim, você não pode ir atrás dele – respondeu Amanda, fria. Tommy envolveu o seu ombro e, dessa vez, ela o repeliu, como se de fato não estivesse prestando atenção no que ele fazia e quisesse ser deixada em paz.

O olhar desapontado dele era gritante para Holly.

Maldição

— Vamos perguntar à Deusa o que devemos fazer. — Tante Cecile acalmou a situação. — Vamos fazer uma sessão de Clarividência e uma de Sabedoria. — Suspirou. — Se tivermos sorte.

Amanda e Kari se afastaram um pouco. Kari, de braços cruzados. Ainda era uma estrangeira ali, não se dispusera a compartilhar por inteiro a sua sorte com os outros. E amava Jer, odiava Holly por tê-lo deixado queimar no Fogo Negro.

— Hoje à noite — disse Tante Cecile —, devemos ficar juntos. Na casa de quem devemos dormir?

— Meninas! Graças a Deus vocês estão bem!

Tio Richard cruzou a sala de conferências correndo, quando a mulher de avental colorido indicou onde estavam. Seu rosto estava radiante de alívio; sua expressão era a mais viva que Holly vira desde a morte de tia Marie-Claire.

— Papai! — gritou Amanda e correu até ele.

— Acho que devemos ir para a casa deles — disse Kari, e Tommy fez um gesto de concordância. — Richard não vai querer que Amanda saia de novo e tenho certeza de que eu não quero um círculo na minha casa.

Holly aquiesceu.

Tante Cecile tirou o celular da bolsa e pressionou alguns números. Esperou, murmurando:

— Anda, Sylvie, atende. Ah — respirou. — Sylvie, é mamãe. Escuta... — Prendeu a respiração, os seus olhos se arregalaram. Então, exalou. — Não — sussurrou. — Não!

Holly tirou o telefone da mão dela e pressionou o aparelho de encontro à orelha.

— Se quiser vê-la de novo, terá de entregar Holly a mim — dizia a voz.

Michael. Ele raptou a Silvana.

Tante Cecile buscou refúgio nos braços de Kari, e esta, apesar de não ser uma mulher calorosa, envolveu a outra em um abraço apertado e perguntou:

— O que foi?

— Você também pegou o Kialish? — quis saber Holly.

— Ah, não — murmurou Kari. — Ele sequestrou os dois?

Tante Cecile fechou os olhos e começou a cantarolar em francês.

— Ah, senhorita Cathers, é tão bom escutar sua voz — disse Michael, destilando sarcasmo. — Claro que também peguei Kialish. Você sabe onde está o pai dele? Porque tentei inúmeras vezes falar com ele.

— Onde você quer fazer a troca? — perguntou ela, direta.

Tante Cecile parou de cantar; Kari suspirou:

— Não, você não pode fazer isso. — Mas Holly viu o cintilar nos olhos dela que dizia: *Talvez você deva, Holly. Talvez seja essa a recompensa pelo que fez com Jer.*

— Na água, é claro — respondeu Michael, obviamente deliciando-se.

— Quando?

— Sugeriria daqui a duas noites.

— Por que não antes? — perguntou Holly.

— Paciência, Holly. — Ele riu. — Ah, e...

— O quê?

— Provavelmente, não vou devolvê-los com vida.

E ele desligou.

Maldição

★ ★ ★

Holly e Amanda ainda não haviam dito nada a tio Richard, e quando o grupo foi todo para a sua casa, ele não ficou satisfeito. Queria a filha e a sobrinha sozinhas com ele, em casa, a salvo.

Depois de alguns minutos ao chegarem em casa, Tante Cecile encantou-o, fazendo com que sentisse muito sono. Então, mandou-o para a cama, no andar de cima.

Assim que Richard ficou fora de combate, ela se dirigiu aos outros.

– Estamos em estado de sítio – disse, trançando o cabelo e o adornando com contas prateadas e azul-turquesa.

As gatas patrulhavam o lado de fora, o trio companheiro das bruxas Cathers movendo-se com coragem e segurança. Amanda e Holly haviam começado a compreender o que essas companheiras, essas familiares, eram capazes de fazer, sua natureza: eram extensões mágicas das habilidades e intenções de uma bruxa, suas confidentes subliminares, além de companheiras.

A familiar da bruxa que abandonara sua confraria, Hecate, permanecia quieta, fazendo deferência às outras. Também se esforçava: desde o seu abandono, caçava pássaros no território da mansão dos Anderson e ratos no porão, com o fervor de um missionário na Terra Santa.

Bast, companheira da bruxa principal da família, reapareceu na sala como quem anuncia que o terreno estava seguro.

Lua do Plantio

Foi então que Tante Cecile olhou primeiro para ela, depois para Holly. Seu rosto tornou-se sombrio; ela desviou o olhar, depois virou-se de novo para a frente.

– Holly, vamos ali na cozinha?

Holly a seguiu.

Tante Cecile postou-se no centro do cômodo e disse:

– Você precisa alimentar a água, menina. A sua magia se fortalecerá.

– Como assim? – perguntou Holly, e um tremor percorreu-lhe o corpo. – O que você quer dizer com isso?

Tante Cecile hesitou.

– Antigamente, em muitas religiões, faziam-se... sacrifícios.

– Eu sei – disse Holly, baixinho. – Já ouvi falar disso.

– Dar algo à água significa fazer sacrifícios... à água.

Holly esperou, ainda sem entender. Bast começou a andar por entre as suas pernas, ronronando e abanando o rabo.

– Você os afoga – disse Tante Cecile.

A praticante de vodu olhou para Bast, e a gata miou docemente para ela, depois voltou a acariciar a dona com o seu rabo.

NOVE

NONA LUA

☾

Nada agora pode impedir nossa jornada.
O mundo treme diante da nossa ira.
Assassinato, sequestro, tortura e mentira,
Corações sóbrios sob céus enegrecidos.

Chorando agora no meio da noite,
Esperando pela luz da grande Lua,
Virgens sussurram baixinho e aguardam,
Comandando-nos em missão de morte.

Holly: Seattle, Novembro

Holly não podia matar Bast.

Então, matou Hecate.

Afastou isso da própria mente ao fazê-lo: o modo como a bela gata a encarou quando foi colocada na banheira...

... a maneira como se debatera.

Era como se Holly não estivesse ali, na verdade. Trancara-se por completo, sem ouvir, sem ver – sem sentir nada. Do centro endurecido, sombrio, do seu ser, tirou a vida da gata de Nicole e a ofereceu aos espíritos sombrios com os quais jamais se comunicara.

Nona Lua

Eles responderam; o ato permitiu-lhes acesso e a sua presença enviou um vento frio que lhe percorreu os ossos e penetrou em seu coração. Da cabeça aos pés, sentiu o frio, o medo e a vergonha; fizera algo que nunca seria desfeito, de joelhos ao lado da banheira às escuras, apenas uma vela negra de companhia.

Do lado de fora da casa, Bast e Freya inclinaram suas cabeças para trás e uivaram em desespero e fúria; teriam acordado os mortos, mas não poderiam acordar Amanda e os outros, porque Holly os fizera dormir um sono sem sonhos. As gatas se jogavam à porta da frente, às janelas, iradas, implorando para que parasse. O rosto, uma esfinge, o coração de pedra, Holly deu à água algo precioso, ordenando – não pedindo – que os Seres Sombrios protegessem a sua confraria e lhe dessem forças para salvar Kialish e Silvana.

Quando o ritual terminou, ela estava diferente, e sabia que jamais voltaria a ser a mesma. Seu olhar estava mais firme, o sorriso, menos doce. Ambição e determinação haviam suplantado a sua bondade; agora tinha propósito e paixão, mas não tinha certeza de ainda ser adorável.

Depois da morte de Hecate, Holly cambaleou até o seu quarto fortemente protegido e dormiu por treze horas.

Amanda lhe contou mais tarde que tentara todos os encantamentos que conhecia para acordá-la, pedindo, enfim, a Tommy e Kari que fossem até o apartamento de Kari para buscar alguns livros, pedindo até que Dan viesse ajudar a ela e Tante Cecile.

Maldição

O xamã e a praticante de vodu logo souberam o que ela fizera, mas não contaram à Amanda. Tudo que disseram foi que Holly devia ser deixada em descanso.

Os sonhos de Holly foram confusos, tomados de água e fogo, monstros que nadavam para fora das câmaras do seu coração e demônios que devoravam a sua alma. Sonhou com os pais, afogados e mortos; com Barbara Davis-Chin, ainda no hospital e à beira da morte. Todos aqueles a quem amava haviam sido arrancados da vida dela por uma barreira negra e dominadora; todos a quem odiava apontavam para ela e gargalhavam.

Então, Hecate encarou-a debaixo da terra com a qual Holly a cobrira no jardim atrás da casa, e a gata sussurrou: *Você cruzou uma fronteira com a minha morte; você está amaldiçoada.*

Repetidamente as palavras percorriam o seu corpo e se esgueiravam na sua mente: *Você vendeu a sua alma...*

Quando Holly acordou, Amanda estava às lágrimas ao lado da sua cama, e uma mulher de cabelo preto-azulado e olhos amendoados postava-se junto à prima. Estava toda vestida de preto, desde o suéter de gola role até a calça de lã. Sua pele era muito pálida e usava maquiagem bastante discreta. Os brincos eram duas luas crescentes de prata.

Espantada por encontrar uma estranha no seu quarto, Holly ergueu o tronco, apoiando-se em um dos cotovelos.

Amanda cuspiu:

– Holly, como você pôde?

A outra mulher colocou a mão no braço de Amanda e disse baixinho:

Nona Lua

– Amanda, você traria um chá para nós?

Amanda franziu o cenho, inclinou a cabeça e saiu apressada do quarto.

A mulher olhou para Holly por uns instantes. Depois, puxou uma cadeira e se sentou.

Sem preâmbulos, disse:

– Você passou dos limites.

Holly lambeu os lábios. Estava sedenta e ainda zonza de sono. Tirou o cabelo do rosto e se sentou, encostada no espaldar da cama.

– Quem é você? – perguntou à mulher.

– Venho da Confraria Mãe – disse. – O meu nome é Anne-Louise Montrachet.

Holly observou as suas mãos, que tremiam.

– Ninguém da Confraria Mãe nos contatou antes – disse a menina. – O que quer que seja isso.

– Somos uma confederação antiga e importante de confrarias – informou a mulher. – Nossa entidade foi fundada para contrapor a Suprema Confraria. – Encarou Holly duramente. – Os Deveraux figuram em melhor posição no ranking deles.

Holly ergueu os olhos, na esperança de que a ajuda afinal tivesse chegado. Perguntou:

– Como você veio parar aqui?

Anne-Louise encolheu os ombros.

– Sua família sempre fez parte da confederação, desde a fundação. Nós... nós nos arrependemos de não termos procurado vocês antes. – Ela empalideceu. – Nossas reservas têm sido forçadas até o limite.

– Temos lutado pelas nossas vidas – disse Holly, com simplicidade. – E não fomos completamente bem-sucedidos.

Anne-Louise fez um gesto afirmativo.

– Nossos pêsames pelas suas perdas. – Cruzou os braços e pernas, e acrescentou: – Todas elas, incluindo a da morte da companheira e familiar Hecate.

Holly enrubesceu. Então, ergueu o queixo e disse:

– Dois dos meus companheiros de confraria foram sequestrados por Michael Deveraux. Faria qualquer coisa para tê-los de volta.

– Nós temos regras. Limites – repreendeu-a Anne-Louise. – Não sacrificamos membros da confraria, nem mesmo as nossas familiares companheiras.

Holly fez um gesto com as mãos.

– Eu não sabia...

– Sempre tivemos problemas com vocês, Cahors – cortou-a. – Vocês são imprevisíveis. São cruéis.

– Até um ano atrás eu nem sabia que era uma bruxa – protestou Holly.

– Sangue bruxo nas veias – interveio Anne-Louise, com um gesto. – A maioria das bruxas seria incapaz de sacrificar uma familiar. Teriam sentido o tamanho do erro. – Cerrou o punho e o levou ao coração.

– Bem, foi errado da parte de vocês deixar que encarássemos Michael Deveraux sozinhos – disse Holly. – Preciso ir ao banheiro e estou morrendo de sede.

– Amanda não vai voltar. Não até que eu tire a proteção da entrada do seu quarto – disse a mulher. – E você vai ficar sentadinha aí, escutando...

Nona Lua

Holly encarou-a. A mulher ergueu o queixo. Por alguns segundos, encararam-se. Depois, a mulher soltou um suspiro pesado.

– Muito bem. Você não é minha prisioneira.

Sem dizer uma palavra, Holly saiu da cama e cambaleou até a porta do quarto. A verdade é que estava chocada com o fato de existir algo como a Confraria Mãe, à qual ela supostamente devia respostas. E também por ter sido deixada ao léu por tanto tempo sem ajuda.

Mas era só fazer alguma coisa de que não gostavam que apareciam em um instante.

Foi até o banheiro, fez o que precisava, e voltou ao quarto. A mulher estava juntando as suas coisas: um xale negro, uma sacola de viagem e uma bolsa.

– Você está indo embora? – perguntou Holly. – Não vai nos ajudar contra Michael Deveraux?

– Vou – disse Anne-Louise com voz abafada. – Aluguei um quarto em um hotel e preciso reunir os meus próprios poderes. Sozinha – acrescentou, certeira. – Não quero que ele perceba que estou aqui. Quero que pense que vocês ainda estão por conta própria.

Holly não tinha certeza do que pensar sobre isso. Disse:

– Mas você vai nos ajudar, certo?

A mulher hesitou.

– O quanto for possível – respondeu.

Holly cruzou os braços e olhou com firmeza para a outra bruxa.

– Você tem medo dele.

— Qualquer bruxa sábia tem.

Holly quase ouvia os pensamentos dela.

— Você não queria vir para cá. Pediu para não vir.

A mulher inclinou a cabeça.

— Isso também é verdade — pigarreou. — Vou fazer o check-in no hotel e realizar o meu ritual. Entro em contato daqui a seis horas.

— Temos mais ou menos um dia — avisou Holly. — Ele disse que eu tinha até a Lua Cheia. — *Para salvá-los?*

Para morrer?

A mulher suspirou e pendurou a bolsa no ombro. Caminhou até a porta do quarto de Holly.

— Entro em contato — acrescentou, com voz fraca. — É o melhor que posso fazer.

— Me perdoe por dizer isso, mas o seu melhor é um saco — disparou Holly.

A mulher deu as costas para Holly e saiu do quarto. Murmurou alguma coisa e fez um gesto com a mão.

Amanda entrou correndo, ignorando a bruxa. Holly se deu conta de que Anne-Louise tinha se ocultado através da invisibilidade.

— Eu odeio você, Holly! — gritou Amanda. — Odeio você por ter matado Hecate! Como você pôde fazer isso?

Holly não tinha tempo para ser gentil.

— Se você pudesse ter salvado Eddie, teria matado a Hecate? — O queixo de Amanda caiu. Holly aproveitou a vantagem. — Michael Deveraux está planejando matar a Silvana e o Kialish. Depois, ele virá atrás de nós. Você acha que isso vale a morte da Hecate?

Nona Lua

Sem palavras, Amanda apenas a encarou. Holly sentiu-se mal até o fundo da alma, perversa e nem um pouco amável.

Mas também se sentiu forte.

Isso vale a pena assistir, pensou Michael Deveraux ao espiar Holly com uma pedra premonitória, de dentro de sua câmara de encantamentos na sua casa em Lower Queen Anne, bairro de Seattle.

Seu diabrete andava pela sala, batendo nos crânios dispostos no altar, rindo em júbilo louco enquanto olhava a pedra visionária, depois afastando-se, a atenção capturada por outro objeto na câmara.

Michael testemunhara Holly sacrificar sua familiar, o que achou ao mesmo tempo surpreendente e delicioso. *Não sabia que ela era capaz de fazer algo assim. Tem um coração mais sombrio do que eu imaginava.*

Também vira e escutara a sua parte da conversa com a bruxa da Confraria Mãe; a parte da bruxa fora-lhe escondida. Mas ele sabia o que a intermediária queria; dizia a Holly que se controlasse: *nada de mortes entre os mocinhos, mas pode se desfazer dos maus o quanto desejar.*

Quando Holly praticamente lhe dissera que fosse para o inferno, ele a aplaudira em silêncio.

Pergunto-me se não a subestimei, pensou. *Talvez eu possa fazer com que ela se volte para o lado negro. Em transe por mim... ou por Jer, se ele recobrar a sanidade. A união dela com a Confraria Deveraux garantiria a minha ascensão ao poder na Suprema Confraria.*

Assim que pensou essas palavras, sentiu o fedor que em geral precedia a chegada de Laurent, duque de Deveraux, o seu ancestral.

Maldição

Com certeza, assim que Michael ajoelhou-se em humilde obediência, o cadáver esfumaçado do seu ancestral saiu do barco de Caronte e tomou forma no centro do cômodo. O odor de enxofre se misturou ao de carne decomposta, informando-o que Laurent fizera a viagem das labaredas do inferno ao mundo dos humanos.

– Laurent, faz tanto tempo que não aparece para mim – disse Michael. – Tenho ótimas notícias. Dois prisioneiros, e parece que estou conseguindo encaminhar Holly, da Confraria Cahors, para a morte.

– *Seu mentiroso* – disse Laurent, em francês medieval. Mandou uma energia para Michael que o jogou estatelado no chão. – Você está pensando em poupá-la. *Cochon*. Nem pense nisso. A confraria inteira deve ser abolida deste mundo, de todos os mundos.

Seu rosto latejava como se estivesse sendo marcado com ferro. Laurent se aproximou dele, ameaça em cada um dos seus passos.

– Você quer de novo o Fogo Negro, não quer? Quer comandar a Suprema Confraria. Então é melhor você matar a bruxa, ou jamais será capaz de dar vida ao fogo de novo.

Michael absorveu a informação. Com o coração aos pulos, tentou recobrar sua dignidade – e sua coragem –, ficando de pé.

– Então matarei Holly – disse com calma.

Anne-Louise era bruxa praticante desde que aprendera a falar. Crescera na Confraria Mãe em um de seus templos. Seus pais haviam sido assassinados logo depois que nascera, portanto a Confraria fora Mãe e Pai para ela.

Nona Lua

No seu quarto de hotel, meditou, juntando forças. A confraria a enviara, porque escudos e proteções eram sua especialidade mágica. A diplomacia era sua especialidade mundana. Mas ninguém imaginaria isso, dado o seu confronto com Holly. Estremeceu. A proximidade com a bruxa mais jovem fora uma experiência desagradável. Afogar um familiar a atormentara. O mal que emanava de Holly era algo terrível de sentir.

Duas lágrimas escorreram-lhe pelo rosto. A primeira pela familiar, Hecate. A segunda pela bruxa Nicole, dona de Hecate. Anne-Louise rezou pedindo à Deusa que os seus destinos não fossem o mesmo.

Respirou fundo algumas vezes, tentando recobrar o foco. Estava cansada do voo longo e do encontro com Holly. E o escudo que preparara e deixara no topo da escada ao sair da casa a deixara exaurida. A respiração ajudou-a a recobrar a atenção e o foco e ela voltou às meditações, afastando a bruxa Cahors do seu pensamento. As Cahors eram sempre um problema.

Londres, 1640

– Mate-a – sussurrou Luc Deveraux enquanto assistia ao espetáculo. Estivera atrás de Cassandra Cahors desde que conseguira que a mãe dela, Barbara, fosse queimada. Agora, Cassandra enfim morreria, também, por meio de mais uma tradição de caça às bruxas.

Afogada.

Pessoas se juntaram à beira d'água enquanto os caçadores de bruxas encarregados do seu caso se espalhavam por toda a Ponte de Londres para assistir a seu afundamento e afogamento. A crença comum era de que as bruxas boiavam.

Maldição

Portanto, uma mulher acusada de bruxaria era em geral jogada às águas para que fosse verificado se ela boiaria. A única maneira de provar a inocência era afundar e morrer. Quanto bem fazia a inocência.

É claro que as superstições tradicionais estavam todas erradas. Bruxas não boiavam. Cassandra Cahors afundaria, e todos acreditariam que ela era inocente. Nada podia estar mais longe da verdade.

Ele sorriu, saboreando a ironia.

Amarrada ao banquinho, debatia-se na água, sendo puxada, de vez em quando, caso desejasse fazer uma confissão. Parecia um gato afogado, os olhos enormes, o cabelo emplastrado na cabeça. Estava exaurida; respirar ficava muito difícil, e ele se regozijava.

Cassandra estava morrendo e, ao olhar para a multidão, todas as chamas do inferno queimaram nos seus olhos.

– Amaldiçoo vocês, todos vocês! – gritou ela. – Todos vocês vão morrer afogados, todos vocês! Como eu morro, vocês também devem morrer.

Luc acenou com a mão e sussurrou alguns encantamentos. Mudou o encanto, devolvendo-o à Cassandra. Por fim, sorriu, triunfante.

– Não, Cassandra. Mas todos aqueles que amarem os seus descendentes morrerão afogados. Amaldiçoo a sua confraria para sempre. Os amados dos Cahors morrerão por afogamento.

Michael e Laurent: Seattle, Novembro

Laurent, o grande duque da Confraria Deveraux, viu seu descendente Michael tentar esconder o medo ao levantar-se, e todo o seu ser foi tomado de ira. *Ver minha confraria reduzida a isso: um playboy moderno que tenta fazer o jogo das Cahors...*

Laurent possuía uma ferocidade e uma paixão que, quase literalmente, o levavam além do túmulo. Catherine Cahors, a sua rival em vida, não conseguira fazer tal transição e circulava pelo universo em forma de cinzas.

Jean estava morto por causa delas. Morto de verdade.

Não terei isso. Encontrei a bruxa viva Cahors e irei vê-la morrer.

Até agora, só fora capaz de aparecer para Michael e de tocar apenas a ele. Mas, ali, furioso, sentiu a força ressurgir dentro do seu ser.

Energia estalava em volta e dentro dele; girou a cabeça, e foi como se tivesse sido atingido por um raio.

Michael arregalou os olhos, e o Duque percebeu que algo estava acontecendo a ele; olhou para as próprias mãos e viu a carne cinza, podre, descolar de seus ossos e uma nova pele tomar o seu lugar. Tocou o próprio rosto; a mesma coisa acontecia com as suas feições.

Aos pedaços, o seu velho corpo o abandonava.

Estava tornando-se de novo um homem, vigoroso, cheio de vida.

Finalmente. Finalmente!

– Uau – suspirou Michael, impressionado. O diabrete de Michael falava e apontava, dando cambalhotas pela sala.

– Não disse que voltaria a este plano como um homem completo? – provocou Michael, mas seu coração estava tomado de choque. Não tinha percebido que isso poderia de fato acontecer.

Deu um passo à frente, mais outro. Suas roupas antigas desapareceram, deixando-o nu.

Maldição

Disse ao seu tantas vezes tataraneto:

– Dê-me roupas.

Michael correu para fazer o que lhe era ordenado, o seu diabrete seguindo-o.

Então, Laurent fechou os olhos e ergueu os braços. Sussurrou:

– Fantasme.

O grande falcão tomou forma e peso, pousando no ombro do seu mestre e senhor. Seus sinos soaram; ele guinchou baixinho.

Laurent abriu os olhos e olhou com carinho para o pássaro.

– *Ma cœur* – disse. – Meu coração. Venha comigo, meu belo; e caçaremos como fazíamos antes.

O pássaro piou em resposta.

Michael voltou com roupas – suéter preta, calça preta, botas –, e Laurent saboreou a sensação de roupas novas no seu novo corpo. Deu-se conta de que estava com fome. Mas esta teria que esperar.

Ele tinha uma bruxa para matar.

Passou por Michael, e este perguntou:

– Aonde você vai?

– Fazer o seu trabalho – disse, por sobre o ombro, sem parar de andar.

Suas coxas firmes o conduziram para cima nos degraus da escada. Hesitou, incerto de seus arredores, mas o falcão levantou voo do seu braço e sobrevoou o corredor. Em um segundo, Fantasme mostrara a Laurent o caminho até a porta da frente da casa dos Deveraux.

O homem girou o punho, e a porta se abriu. Ao cruzar para o lado de fora, sentiu-se tentado a transformar a casa num inferno, exterminando Michael Deveraux de uma vez por todas. Mas se lembrou de que, afinal, Michael era um bruxo forte que conhecia a história orgulhosa da sua família e desejava restaurar a honra dela.

Ele não é de todo mau, pensou Laurent.

Só não é o mesmo que eu.

A lua estava quase cheia e seus raios brilharam sobre ele. Michael estava certo quando marcara o encontro com Holly Cathers na lua cheia, o que estava muito próximo de acontecer. O seu poder seria maior para matá-la, então.

Mas Laurent não esperaria esse tempo todo.

Estalou os dedos e gritou:

– *Magnifique!*

Nuvens rolaram e esconderam a lua amarela, estrelas brilharam, tremeluzentes. Um arco de fogo cruzou o céu, e, sobre ele, os magníficos cascos do cavalo de batalha de Laurent, Magnifique, tomaram forma. Os cascos foram seguidos pelas patas, depois pelo corpo do animal. Labaredas saíam de suas narinas, crina e o rabo, e ele desceu do céu até o chão, empertigou-se e baixou a cabeça para Laurent.

– Como senti sua falta, pelo Deus Cornífero – disse Laurent, com fervor. Então, montou o animal, sem sela. Fantasme postou-se no seu ombro e o trio galopou pelas ruas da cidade de Michael, Seattle.

Os céus se abriram e choveu. Vapor subia do corpo extremamente musculoso de Magnifique, e Laurent inclinou a cabeça para trás, gargalhando. Então, cutucou o cavalo com os calcanhares, e eles ganharam velocidade, até que os cascos do animal fizessem com que a rua fervesse e derretesse.

Maldição

Fantasme indicou o caminho; o senhor sombrio dos Deveraux viajou por horas, e então...

... viu-se diante da casa onde a bruxa residia.

Sem um segundo de hesitação, galopou em direção à varanda da frente, até o portal da entrada.

Com certeza esperava que a casa estivesse guardada por escudos e, enquanto se aproximava, desfez cada um deles. Ficou surpreso ao destruí-los, esperando mais luta por parte da jovem, e, com um aceno de mão, abriu a porta. Magnifique entrou, trotando.

Sentiu cheiro de fumaça e se lembrou da noite em que Michael tentara dar vida ao Fogo Negro por meio do sacrifício de Marie-Claire, senhora daquela casa. Quanta ira Laurent sentira naquela noite! Michael o desobedecera, colocando em transe aquela mulher – a mais insignificante das bruxas Cahors, aquela adversária – depois de Laurent tê-lo proibido expressamente.

Ele se materializara ali e limitara Michael, odiando-o por sua duplicidade.

Mas eu seria capaz de respeitar um homem que não me desafiasse, que não aproveitasse as oportunidades? Quando foi que obediência teve importância para os Deveraux? Prefiro que ele tenha tido a iniciativa e conquistado grandes coisas do que ter permitido que o temor a mim o limitasse.

Cruzou a sala de estar, correndo. Os ventos quentes da fúria tomando conta dele; o corpo de Magnifique queimava por causa da velocidade com que corria. Laurent embriagava-se de todas as sensações e riu, antecipando o que faria com aquela bruxinha, a levaria para fora e a mataria lentamente ou permitiria que Magnifique a atropelasse enquanto ela corria.

Olhou para o topo da escada e...

...foi bloqueado.

Um poderoso escudo tremeluzia entre ele e o andar de cima. Rosas e lírios brilhavam, suspensos, como se envoltos por um cristal.

Seus lábios se retraíram, em puro ódio. Testou vários encantamentos e criou com as próprias mãos uma enorme bola de fogo, lançando-a contra o escudo.

Nada do que fazia surtia efeito.

A Confraria Mãe esteve aqui. Esse é um dos seus escudos.

Cutucou Magnifique para que fosse em frente; o cavalo refugou, tão frustrado quanto seu mestre. Seus grandes cascos chocaram-se contra a barreira, a energia mágica escandalizando os dois. Magnifique retrocedeu de novo, partindo para cima do escudo com força. Este não cedeu. Fantasme atacou-o com as suas garras e seu bico, e, ainda assim, o escudo manteve-se intacto.

Então, dentro da barreira, a forma de uma mulher tremeluziu, embaçada. Olhou para ele com olhos conhecidos, e um sorriso de desdém tão familiar a ele...

Ela está viva. Eu não sabia disso.

Isso o abateu... mas ele se recompôs enquanto olhava a imagem fantasmagórica da sua nora morta.

– Isabeau – proclamou. – Fora daqui. Esconjuro-te!

A imagem ficou mais tênue, mas não desapareceu. Ela o encarava com o mesmo ódio que ele sentia por ela. Esfacelá-la com os próprios dentes seria bom demais.

– Você assassinou o meu herdeiro – disse ele. – É justo que eu tire a vida de uma descendente Cahors.

Ela não respondeu, mas um estranho sorriso estampou-se nos seus lábios, depois desapareceu.

Ela ergueu uma das mãos e apontou em direção à porta da frente, dispensando-o com desdém.

Laurent bateu palmas três vezes...

... e ele, Magnifique e de Fantasme foram magicamente transportados de volta à câmara de encantamentos de Michael.

Este parecia surpreso, mas os dois jovens amarrados no chão estavam aterrorizados. A moça começou a gritar; o jovem fechou os olhos e começou a cantar. Laurent sentiu a tentativa dele de mandá-lo de volta ao éter com um simples toque no peito.

Apeou e deu um tapa no flanco do cavalo. Fantasme atiçou-se no seu ombro, depois voou até os dois jovens, guinchando de excitação. O pássaro aprendera a adorar pequenas bicadas de carne humana.

– Você não conseguiu chegar a ela – adivinhou Michael.

Laurent quase o atingiu de novo por constrangê-lo diante de simples prisioneiros, mas apenas levou as mãos aos quadris. Disse:

– A Confraria Mãe está aqui. Você sabia disso?

Michael exalou, com desdém.

– E daí? Um bando de velhas cansadas, sem eficiência.

– Amanhã, a bruxa morre – ordenou Laurent, tentando atacá-lo mais uma vez. Sorriu diabolicamente para os dois que estavam no chão. – Então, você deve matar esses dois também, agora.

Nona Lua

— Ela é praticante do vodu; ele é um xamã. Terei mais poder amanhã se matá-los na lua cheia.

— Muito bem — disse Laurent, aceitando o argumento. Então, apontou para a sua barriga e disse: — Quero comer.

Michael aquiesceu.

— Vou levá-lo lá em cima e fazer um bife.

Os dois subiram.

Jer: Avalon, Novembro

Era um dia gelado, e Jer estava faminto. Curar-se exigia muita energia. James acelerou o início ao processo, mas este estava longe do fim. Ainda tinha cicatrizes horríveis.

Enrolado em um casaco, uma manta cobrindo seus joelhos, estava sentado em um banco de pedra e admirava o mar. Perguntava-se o que Holly estaria fazendo, se sonhava com ele. Ficaria surpreso se não. Sabia que nos seus sonhos ele chamava por ela.

Tenho que tentar com mais firmeza não fazer isso. Serei a morte dela.

Ouviu passos suaves. Jer ergueu os olhos e viu uma das servas aproximar-se em silêncio com uma bandeja de prata. Pratos cobertos de prata brilhavam sobre ela.

Jer fez sinal para que se aproximasse. Ela tinha medo dele, se era por ele ser um bruxo poderoso ou por ter uma aparência terrível, ele não sabia.

Disse para ela:

— O que você quer saber hoje?

Ela era tímida. Disse:

— Como encontro dinheiro?

Maldição

– Ok.

Ela entregou a bandeja a Jer. Eles tinham um acordo. Ela lhe contava todas as novidades que sabia, e ele retribuía ensinando pequenos encantamentos.

– Que novidade você tem para mim, hoje? – perguntou Jer.

– James voltou – disse ela. – Trouxe uma garota com ele. Uma bruxa.

Isso chamou a atenção de Jer. Ele se arrepiou; o seu rosto esquentou e ele se perguntou: *Será que pegaram Holly?*

– Qual é o nome dela? – questionou ele.

Ela inclinou a cabeça.

– Quero aprender como encontrar dinheiro e como fazer com que alguém que odeio perca os óculos.

Se fosse qualquer outro dia, ele talvez tivesse rido. Mas hoje, disse:

– *Qual é o nome dela?* – Apontou o indicador para ela, em uma ameaça.

Ela se assustou.

– Nicole.

A prima da Holly. Ela saía com meu irmão.

Isso não podia ser bom.

Ele aquiesceu e disse:

– Ok. Vou lhe ensinar. Mas, primeiro... – Tirou a tampa de um dos pratos, e sorriu com satisfação. Peixe e batata frita. Ele amava esse prato.

Pegou uma batata e começou a brincar com ela perto da boca quando um cheiro terrível alcançou seu nariz. Ficou paralisado olhando para a batata.

Nona Lua

Uma aura de energia verde tremeluzia em volta dela. E seu aspecto manifesto era de um pedaço retorcido de lixo podre.

Veneno, deu-se conta. *De Eli... ou James?*

A moça o observava; estava curiosa, mas não havia sinal de que soubesse ter lhe trazido comida destinada a feri-lo, senão matá-lo.

Ele devolveu a batata à bandeja. Olhou para ela e disse:

– Traga outra coisa para mim. Alguma coisa que você também tenha comido.

Ela arregalou os olhos diante do que o comentário implicava.

Sem mais uma palavra, pegou a bandeja e se afastou, apressada, como se tivesse medo de que ele a culpasse.

Jer observou o mar.

Nicole está com James. Será que eles estão elevando os riscos, tentando fazer com que Holly venha para cá, para Avalon?

– Não faça isso – disse em voz alta. – Holly, não faça isso.

DEZ

LUA DE MORANGO

☾

Pegue-os, agora que correm,
Mate a lua com o sol.
Tomaremos o que não nos for dado.
Morram, Cahors, para manter vivos os Deveraux.

Tente combater o poder do deus do sol.
Chame a Deusa de hora em hora.
Lute contra eles, mate-os, não desista.
A Confraria Deveraux não deve ser vitoriosa.

Seattle, Novembro

No seu hotel na Pioneer Square, Anne-Louise acordou de repente. Permaneceu deitada por um momento, permitindo-se lembranças do dia anterior. Um dos seus escudos fora atacado. Era um dos que colocara na casa de Holly. Fechou os olhos para sentir o escudo, sentindo a energia que o atacava. Quem era? Um Deveraux. Michael? Não. Ofegante, pegou o seu celular.

Londres, Setembro, 1666

Giselle Cahors andava de um lado para o outro diante do altar da grande casa que sediava a Confraria Mãe em Londres.

Lua de Morango

Estava cética quanto à decisão da Sacerdotisa-Mor de mudar o Templo de Paris para aquela cidade, e, sem se intimidar, manifestou sua opinião.

— Londres não é grande o suficiente para esconder uma confraria, que dirá duas — observou Giselle.

— O que você acha que devemos fazer, menina? Abandonar a cidade à Suprema Confraria? — perguntou a Sacerdotisa-Mor da Confraria Mãe, erguendo as sobrancelhas.

Giselle parou de andar e levou a sua mão ao painel de madeira entalhado na parede, tocando ao mesmo tempo o seu punhal, guardado nas dobras da sua farta saia negra.

— Não, Sacerdotisa. Eu teria *destruído* a Suprema Confraria, não tentaria permanecer no seu território.

— E assim destruiria também os seus inimigos Deveraux? — A Sacerdotisa-Mor estava recostada na sua poltrona, os braços cruzados sobre o peito. Parecia tanto uma freira em suas vestes brancas que Giselle precisava esforçar-se para lembrar-se de que faziam parte da mesma tradição. — Sua preocupação é com a Confraria Mãe ou com sua própria casa?

— As duas coisas — protestou Giselle.

A mulher inclinou a cabeça.

— Minha criança, se a sua lealdade está dividida, você não é confiável. A força do seu propósito deve ultrapassar o chamado do seu sangue. Devemos combater a Suprema Confraria no nosso tempo e nos nossos próprios termos. Quando o nosso poder for maior e superar o deles, então poderemos livrar o mundo do mal causado por eles.

Mal. A palavra saiu sedutora da boca da mulher mais velha, e Giselle não conseguiu impedir um tremor no corpo.

Maldição

De pé ali, no santuário, olhava para o altar e via manchas de sangue no chão. A linha divisória entre o mal praticado pela Confraria Mãe e a Suprema Confraria era muito tênue.

– Muito bem, *ma mère* – dirigiu-se Giselle à outra. – Serei uma filha obediente à confraria.

– Boa menina – disse a Sacerdotisa-Mor, protetora. Estendeu os braços para o abraço ritualístico. – Agora, deixe-nos. Temos muita coisa a fazer.

De coração quente, Giselle abraçou-a, fez uma mesura de cabeça e saiu.

Isso deve ter sido um erro, pensou.

Dando-se conta da sua incapacidade de combater a família Deveraux sozinha, juntara-se à recém-formada Confraria Mãe, composta de bruxas que clamavam praticar magia "mais branca" que aquela exercida pela Suprema Confraria. Nos últimos meses, Giselle tivera motivos para questionar tal convicção.

Ainda assim, a liderança da Confraria Mãe afirmava todas as propriedades superiores da magia branca e tomava todas as medidas apropriadas em nome da Confraria como um todo. O problema era *ela*, ela que tinha sede sanguinária. O seu sangue Cahors era atormentado e pérfido, e precisava ser domado.

Pela milésima vez se perguntava como sua avó, Barbara, se comportara e se ela, Giselle, teria uma visão diferente da magia se a velha bruxa tivesse sobrevivido para influenciar sua prole.

Graças a Luc Deveraux, ela jamais teria uma resposta. Ele fora o responsável pela morte na fogueira da sua avó e pelo fato de a vida da sua mãe, Cassandra Cahors, ter sido uma sucessão de fugas e esconderijos antes de enfim ser pega e afogada por ele. Ele pensou ter finalmente vencido, eliminando-as, e escalara posições no ranking da Suprema Confraria, graças a tal sucesso.

Ele não sabia que uma Cahors ainda o enganava.

Mas saberia, em breve.

Ela o espionara com a pedra da visão. Ele estava perto. Durante semanas, lera os sinais. Todos apontavam para os próximos dias. Se quisesse enfim exterminar Luc Deveraux, talvez jamais tivesse oportunidade melhor.

Apesar do que prometera à Sacerdotisa-Mor, não tinha a intenção de deixar essa chance passar.

Fiz alguns grandes amigos entre os seguidores da confraria, pensou ao cruzar o corredor, afastando-se do santuário. *Eles devem me ajudar na batalha que se aproxima.*

Luc Deveraux era mais velho do que aparentava. Alguns vestígios de vaidade impunham que mantivesse a aparência. A magia mantinha seu corpo vivo e, com pequeno esforço, podia parecer bem quando assim o desejava. Sua família tornara-se ainda mais poderosa sob sua tutela, e sua aliança com a Suprema Confraria trouxera-lhes ainda mais poder. Dentro de duas gerações, talvez até mesmo a liderassem.

Apenas a Confraria Moore se apresentava como uma ameaça. Os bruxos daquela família pareciam conquistar mais poder a cada dia. A Confraria Deveraux precisava estar concentrada para superar a Confraria Moore e reclamar o trono, a cadeira do poder. A Confraria Deveraux não podia se dar o luxo de distrações. Ele removera sistematicamente todos os impedimentos em que pudera pensar. Todos, menos um.

Maldição

Ela pensa que não sei da sua existência, pensou, *mas eu sei. Sempre soube.*

Os sinais estavam corretos. Exterminaria a última descendente Cahors da face da Terra.

Ele me chamou.
Desafiou-me.
Giselle estava abatida. Imaginava ter o elemento surpresa como arma. Também imaginava ter uma lua a mais antes de desafiar Luc Deveraux para uma batalha.

Mas ele dera o primeiro passo.

Atraídas pela sua magia, Giselle e as suas duas irmãs bruxas encontraram-se em Pudding Lane.

Ele estava lá, aguardando-as, e não estava sozinho. Os dois grupos se aproximaram aos poucos, em silêncio.

Encontravam-se na rua como se em um campo de batalha. Luc e Giselle encararam-se, guerreiros prestes a entrar em combate.

Sem aviso, Luc puxou uma adaga envenenada de dentro do seu capuz e jogou-a com precisão mortal na direção da cabeça de Giselle. Ela ergueu uma das mãos, e a adaga ficou parada no ar. Devagar deu meia-volta e virou-se na direção do seu mestre. A bruxa mandou a arma de volta com toda a ferocidade que conseguiu concentrar no objeto.

Era o sinal que os outros estavam esperando. A batalha foi dura, oponentes em mesmo número nos dois lados. Silhuetas escuras giravam e rodopiavam sob a luz da lua, dançando a sua coreografia macabra em passos que apenas os afinados com as magias sombrias seriam capazes de realizar.

Lua de Morango

Em volta de Luc e Giselle, os outros foram sucumbindo devagar. Um bruxo derreteu no meio da noite, e uma bruxa o seguiu. Outro casal de lutadores levou-os a uma rua próxima. Por fim, os dois ficaram sozinhos.

Lentamente, circundaram-se, buscando pontos fracos um no outro. Os dois estavam cansados, os dois perdiam as forças.

– Vou matá-la como matei a sua mãe e a sua avó.

– E juro pela Deusa que esta Cahors vingará todas as que foram sacrificadas por você. Jamais matará outro parente meu.

Ela estava exausta, tremia, mas podia sentir a ira crescendo dentro do seu corpo, preenchendo-o, dando-lhe força. Suas mãos começaram a vibrar com o poder que a percorria. Por fim, deixou que saísse em um simples grito.

– *Incendia!* – Bolas de fogo apareceram à sua frente. Ela as lançou na direção do homem, uma depois da outra.

Luc combateu-as como se fossem brinquedos de criança. Muitas caíram aos seus pés, espatifando-se e apagando no chão. Duas foram parar em um poço d'água das proximidades. Uma atravessou uma janela, adentrando a casa do padeiro real. A última, ele mandou de volta para ela.

Giselle ergueu a mão, e a bola de fogo parou no ar. Vibrou por uns instantes, gemendo diante da força cada vez maior emanada pelos lutadores. Por fim, explodiu em uma chuva de centelhas que caíram sobre a rua diante deles.

– Já vi charlatãs com truques melhores do que esse, minha pequena – disse ele, sarcástico.

– Pobre Luc. Então você imaginou ter conseguido exterminar a Confraria Cahors? Mas não levou em conta o fato de ela ter tido uma filha.

Maldição

– Ah, levei sim. – Foi a resposta dele. – E você com certeza não escapará de mim, agora.

Antes que ela pudesse responder, labaredas surgiram na janela do padeiro, e gritos vieram de dentro da casa. Uma mulher berrava em desespero, e, em volta da bruxa e do bruxo, casas ganhavam vida, velas eram acendidas e moradores atordoados apressavam-se para ver o que acontecia.

À medida que os primeiros rostos surgiam nas portas abertas, ela percebeu que não dava mais tempo para ser discreta. Ela levantou as saias e correu rua abaixo gritando:

– Fogo!

Pessoas saíam dos seus lares e corriam em direção às chamas ao ouvirem os gritos da mulher. Nenhuma delas olhou uma segunda vez para ela.

O fogo movia-se como uma coisa viva, de uma ferocidade terrível, e engolia casas, lojas e igrejas, sem discrição. Como se a destruição causada pelas chamas não fosse o bastante, lares eram derrubados, em tentativas de interromper o percurso do fogo. As labaredas riam e rebolavam diante da ruína de vidas e residências.

Padres oravam enquanto as chamas se aproximavam das igrejas. Milhares de pessoas fugiam, algumas apenas com a roupa do corpo. Sem descanso, o fogo prosseguia. Muitos clamavam ser a mão de Deus, diziam ter visto Seu rosto irado contra Londres, por causa da grande maldade desta.

Durante alguns dias, o fogaréu do inferno assolou Londres. Quando enfim pareceu ceder, diante da Temple Church, apenas juntou mais forças para mais um ataque selvagem.

Lua de Morango

Fumaça e escombros tomaram o ar, e parecia que o mundo inteiro estava em chamas.

O incêndio matou muita gente e destruiu milhares de prédios. Quando a última labareda morreu, Giselle caminhou pela Pudding Lane, averiguando os danos causados. Mal podia acreditar que estivera no mesmo lugar algumas noites antes.

Lágrimas feriam seus olhos. Uma carnificina, tanta morte. Luc Deveraux não viera procurá-la, e ela encarou o caos que haviam causado, jurando não sair em busca dele. Era perigoso demais.

Havia um navio partindo no dia seguinte para o Novo Mundo. Ela, a filha e os filhos pequenos estariam nele. Nas Américas, começariam do zero. Uma vida nova com um nome novo. O antigo fedia à morte.

Gwen Cathers embarcaria naquele navio. Giselle Cahors morrera no incêndio.

Luc Deveraux tentou em vão impedir o tremor dos seus membros ao postar-se diante da Suprema Confraria. Qualquer bruxo seria um tolo se não temesse o julgamento dos pares diante das circunstâncias.

O líder da confraria, Jonathan Moore, não conseguiu esconder o desdém no seu rosto ao declarar:

– Luc Deveraux, você desobedeceu por vontade própria as leis da Confraria ao tornar a sua batalha com a Confraria Cahors pública e, portanto, colocou em perigo todos nós. – Era significativa a pouca ênfase dada ao fogo e à destruição pela Confraria, fora o fato de isso tê-los exposto demais.

"Muitos relacionados ao incêndio já foram presos. Dois deles são bruxos, membros desta Confraria que, tolamente, o seguiram. O outro é o seu criado. O seu descaso pela segurança dos nossos pares não poderá passar em branco. A Confraria Deveraux não deverá manter nenhum posto de liderança desta confraria, e você deve abdicar da posição de líder da sua casa."

Luc ficou abismado. Morte ele esperava e a teria aceito, mas não imaginara que sua família inteira fosse censurada. Abriu a boca para protestar.

– Minhas ações são minha responsabilidade. Só minha. A Confraria Deveraux não deve ser punida por aquilo que fiz por conta própria.

Moore não quis escutá-lo.

– Não é segredo que as Confrarias Deveraux e Cahors têm uma rixa de muitos anos. Tais usos públicos da magia devem parar aqui e agora. A Confraria Deveraux deve reconquistar a confiança que um dia teve por parte desta casa.

Então há esperança. A mente ágil de Luc começou a pensar em estratégias. Perguntou, humilde:

– Como podemos provar a nossa lealdade?

Alguns sussurros puderam ser ouvidos e foram silenciados depressa. Moore estreitou os olhos e pensou por alguns instantes.

– A Confraria Deveraux deve parar toda e qualquer exposição pública de práticas mágicas imediatamente, e para sempre. E a sua Confraria talvez possa se redimir entregando o segredo do Fogo Negro à Suprema Confraria.

Luc sentiu um enjoo nos vãos mais profundos da sua alma deturpada. O segredo do Fogo Negro estava perdido. A Confraria Deveraux jamais poderia redimir-se sem ele.

Lua de Morango

Philippe: Fronteira Espanhola, Novembro

Queimariam o corpo de José Luís.

Haviam esperado os três dias necessários para ver se ressuscitaria. Mas o bruxo estava, de fato, morto.

Philippe perguntou-se por um breve instante se fora a morte que José Luís enxergara na sua visão. Balançou devagar a cabeça, cheio de dor.

Mon vieux, pensou, com carinho, *quantas batalhas lutamos! Reze por mim no Paraíso, para que consiga salvar Nicole e vença mais essa batalha.*

Vários metros adiante, os outros reuniam-se em um círculo. Armand, sentado no chão, estava muito ferido para ficar de pé. Ao seu lado, Pablo tremia de exaustão. Philippe sentiu um nó na garganta ao olhar para o irmão mais novo de José Luís, tão parecido com o morto. Alonzo, acocorado, tinha os olhos em alerta, vasculhando a escuridão, um crucifixo em uma das mãos, um cristal na outra.

Olhou de novo para o caixão que abrigava seu amigo e mentor. José Luís estava morto, Nicole fora levada, e uma batalha contra a escuridão fora traçada de verdade.

Passou a mão sobre o rosto do amigo, abençoando-o.

– Perdemos desta vez, meu amigo. Mas prometo que, no fim, venceremos.

Baixou depressa a cabeça – em um misto de oração e meditação. Quando terminou, levantou-se devagar, o rosto sóbrio. Sentia-se velho e cansado, mas sabia o que tinha que fazer.

Os outros o encararam, buscando direção, liderança. E ele lhes daria tudo isso.

– Vamos encontrar Nicole e combater esse mal antes que ele se espalhe.
– Para onde vamos? – perguntou Alonzo.
– Pablo?

Pablo ergueu a cabeça e disse em tom frágil:
– Londres. Ela está sendo levada para lá.

Philippe fez um gesto afirmativo.
– Então, é para lá que devemos ir.

Os outros concordaram e se olharam nos olhos. Armand manteve o olhar por mais tempo, e Philippe gemeu diante da dor refletida na expressão do amigo. Armand estava mais ferido do que deixava transparecer.

Philippe se ajoelhou diante dele e levou uma das mãos ao peito do companheiro. Devagar, deixou o ar escapar, para em seguida acelerar a respiração a fim de que se encaixasse ao batimento cardíaco acelerado de Armand. Uma dor cega tomava seu corpo e seu sistema nervoso em conexão com Armand. Seu corpo tentava ajudar a curar o outro bruxo.

De repente, a dor diminuiu muito, e Philippe abriu os olhos. Alonzo estava ao seu lado, trabalhando com ele pela cura de Armand.

Por fim, os ferimentos mais graves foram curados, e os três desfizeram o contato. Philippe cambaleou.

Pegou uma tocha acesa e a encostou à madeira sob o corpo de José Luís.
– Assim que ele se tornar cinzas, partiremos.

Seattle, Novembro

A Lua cheia estava afogada pela chuva pesada derramada pelos céus em cascatas enormes. A Pioneer Square estava alagada; a Hill Street, inundada; a baía estava cheia. Não era uma noite boa para nada, muito menos para uma batalha. Mas era Lua cheia e as bruxas encontravam o auge da sua força.

Bruxos também, mas nada podia ser feito quanto a isso. Holly convocara um círculo na casa de Dan. Era um chalé bonito construído à mão na floresta, quase pequeno demais para a reunião dos ali presentes: Holly, Amanda, Tommy, Tante Cecile, Kari, o próprio Dan e tio Richard.

– Temos que tirá-lo da cidade – disse Holly para o grupo. – Ele não estará seguro aqui, não importa o que está por vir. Ele anda sem segurança aqui há meses. – Falava do tio, sentado ao lado do fogão de cobre de Dan, em estado de choque. Ainda na casa dos Anderson, ela e Amanda revelaram-lhe a verdade sobre tudo que estava acontecendo: a realidade da Confraria, o fato de serem bruxas e que Michael Deveraux, ex-amante da sua mulher, provavelmente a matara.

– Mas... mas ela teve um ataque cardíaco – protestou Richard, frágil. Parecia tão triste que Holly temeu que ele, sim, tivesse um infarto. Portanto, ela e Amanda fizeram um ritual para ele dando vida a alguns truques de salão do mundo das bruxas. Deram vida ao fogo e ao vento e fizeram objetos levitarem na sala.

Então, Holly pegou uma pedra visionária e pediu que o tio olhasse dentro dela. Richard viu Michael Deveraux em suas vestes, fazendo mesuras diante de algo muito parecido com um altar de Magia Negra, coberto de crânios, velas negras e um grande livro, encadernado em couro preto. A pedra também mostrou Silvana e Kialish amarrados, seus rostos pálidos, sem vida. Talvez estivessem mortos, mas a certa altura, Silvana abriu os olhos e olhou na direção do

Maldição

campo de visão da pedra, como se soubesse ter o foco do objeto sobre si.

Talvez fosse esse o momento que o fizera começar a acreditar. Aceitou ir até a casa de Dan com elas e observar em silêncio. Holly e Amanda haviam concordado em não contar para ele sobre o diabrete retirado do seu corpo, nem sobre terem-no amarrado para o caso de pensar em matá-las. Ele não se lembrava de nada, e elas acharam melhor deixá-lo ignorante em relação àqueles dias sombrios.

A pedido de Holly, Dan purificaria um a um para a tentativa de resgate que se seguiria. Cada um entrara sozinho na sauna, na esperança de uma visão. Então, ele falaria com ela sobre a sombra que vira e a ajudaria a usá-la a fim de fortificar-se para a batalha próxima.

Holly ordenou que todos se vestissem nas cores da antiga Confraria Cahors: preto e prata. Ela e Amanda usavam calça de couro e suéter pretas, argolas prateadas e colares de prata com ametistas. Folhas secas foram entrelaçadas nos seus cabelos. Tante Cecile os trançara, Amanda com tranças embutidas, Holly com várias trancinhas.

Kari estava envolta num xale preto e prata, encobrindo a camisa de seda negra e o jeans também preto. Tante Cecile usava um vestido justo, bordado de folhas douradas e prateadas na bainha. Tommy usava calça preta e camiseta. Pegara um bracelete prateado emprestado de Amanda e se estranhava com aquilo no punho.

Nós éramos tantas, pensou Holly. Depois, lembrou-se: *Fomos vencedoras no Beltane, no aniversário de 600 anos do massacre ao Castelo Deveraux. Podemos vencê-los de novo.*

Lua de Morango

– Precisamos pensar que Michael nos atacará a qualquer momento – lembrou Holly aos outros. – Ele tem espiões e pedras visionárias também. Portanto, devo ir primeiro. Sou o alvo.

Os outros concordaram.

Holly se despiu no quarto de Dan, enrolou-se em uma grande toalha de praia e o seguiu até a sauna. De camiseta, envolto em pele de veado, ele acedeu os incensos para ela, acocorado, enquanto Holly inalava a fumaça e começava a suar. A combinação de fumaça e calor deixou-a zonza; ela permitiu que as sensações tomassem conta do seu corpo, e, então, os espíritos lhe mostraram Pandion, a águia fêmea, pousada no seu braço. Isabeau montava Delicate, sua égua, e o sol iluminava gloriosamente seu cabelo escuro, cacheado. Ela galopava; sua saia de veludo voava atrás do corpo, e Jean gritava:

– Devagar, louca! Você vai quebrar o pescoço!

Ela virou para trás para olhar o marido, rindo porque ele tinha dificuldades de acompanhá-la. Estavam na floresta que rodeava o Castelo Deveraux, e ela estava apaixonada por ele.

Política e encantamentos não tinham importância, ela era jovem e bela, ele também era jovem e muito bonito... e o dia estava repleto de alegrias. O falcão dos Deveraux sobrevoava a cabeça de Jean, tão exuberante quanto a bruxa e o bruxo. Então, ele guinchou e mergulhou na vegetação densa. Uma batalha estava em cena.

– Ele capturou alguma coisa – disse Isabeau, deliciada, puxando as rédeas. Delicate diminuiu o passo.

– Você também – respondeu Jean, trotando ao seu lado.
– O meu coração.

Maldição

Então, ela era Isabeau, deitada sob Jean enquanto seus parentes incendiavam o castelo dele; enquanto o parente dele, Laurent, dava vida ao Fogo Negro, enviando-o por todo o castelo. Ela podia ouvir os gritos de Jean; podia ouvir a si mesma implorando para que o marido a perdoasse.

Ao longo dos séculos, procuraram-se, aprisionados pelo amor e pelo desejo...

... e então, uma águia fêmea sobrevoou a ilha enevoada, baixando à terra e pousando no braço de um homem, cujo corpo estava terrivelmente coberto de cicatrizes:

Jer.

Então, algo guinchou à distância, mas não era um pássaro; era uma orca, uma baleia branca e preta que nadava e boiava. *Estou debaixo d'água. Estou me afogando.*

Ela estava sob as águas da baía e, ao virar-se para a direita, viu Eddie nas mãos do monstro pavoroso que o matara; e à esquerda, o restante da confraria, preso por seus servos, todos tentando chegar à superfície, os olhos arregalados, incapazes de se mover, sendo puxados para as profundezas pelas criaturas.

Vão se afogar.

Seu corpo girava, como se alguém a tivesse empurrado de uma janela, de cabeça para baixo; a vertigem deixou-a enjoada e ela se preparou para vomitar...

... e foi então que abriu os olhos e voltou ao próprio corpo. Estava de volta à sauna.

De um dos lados do lugar havia um chuveiro; Holly molhou-se primeiro com água quente, depois fria, permitindo à sua mente que se aguçasse. Tommy entrou em seguida.

Enquanto estava ali, Holly vestiu-se e saiu do quarto de Dan e encarou suas irmãs de Confraria, Kari e Amanda. Dan, que já terminara de ajudar Tommy a dar início ao ritual, saiu da sauna e a encarou, com sobriedade. Foi ele quem falou primeiro:

— Você quer ir sozinha.

Ela respondeu:

— Eu não quero. Eu tenho que ir sozinha.

— Não — insistiu Tante Cecile, erguendo-se. — Ele está com a minha filha. Vou com você.

— Vamos todos juntos ou todos morreremos aqui, agora — disse Amanda, pálida, tremendo diante da força das suas convicções. — Ele só consegue nos ferir quando estamos enfraquecidos pela ausência de um ou mais membros. Se ficarmos todos juntos, podemos nos proteger. É a nossa única chance de sobreviver.

— Não posso protegê-los — protestou Holly, enfraquecendo sob o ataque de fúria.

— E quem disse que você é a rainha do universo? — perguntou Kari, agressiva. — Ninguém aqui pediu proteção a você. Estou aqui para garantir que você não faça mais nenhuma besteira e machuque as pessoas de quem gosto.

Sua referência a Jer e ao fogo que quase o matara foi como um tapa no rosto. Holly aceitou a provocação, apesar de sentir uma animosidade crescente em relação à Kari, ela sabia que não seria capaz de apaziguar sempre.

Anne-Louise assistiu a uma distância segura enquanto os membros da Confraria, um a um, entravam na sauna e tomavam parte no ritual. A situação estava prestes a ficar muito feia. Sentia isso com cada fibra do seu ser. A única questão era: o que deveria fazer para impedir isso?

Parte Três
Decrescendo

☾

"E quando tiver passado o solstício de verão, e o ano começar a se aproximar do fim, surgirá um grande túmulo sobre a Terra. Alguns, mesmo que não devessem, serão dados em casamento, e outros serão tomados de poder incontrolável e jamais visto. Então, a Terra estremecerá e dos céus choverá fogo."
— Lammas, o Ancião.

ONZE

LUA DA BÊNÇÃO

☾

Preencha-nos, Senhor, com a sua vontade.
Ajude-nos a encerrar esta luta.
E arrancaremos as cabeças
Dos mortos da Confraria Cahors.

Com o mau, sem o mau,
Não se deixem virar de cabeça para baixo.
Mas, quando damos as costas aos seus pecados,
Encontramos a maldade intrínseca do demônio.

Michael Deveraux: Seattle, Novembro

No dia D, divertiu-se Michael ao erguer seu punhal diante da chama da vela e admirou sua lâmina muito, muito afiada, *um bruxo Deveraux encarando uma batalha receberia as últimas indicações de pombos-correios e mensageiros. Bruxos Deveraux ainda eram avisados por sinais de fumaça, no Meio-Oeste. Telefones são muito mais mágicos, levando as nossas vozes sem corpo através do espaço e, ainda assim, parecem tão comuns. O romance se perdeu de alguma maneira.*

Não importa que eu tenha aumentado a magia da conexão com a chuva.

Novembro em Seattle não era um mês gentil. Era duro, selvagem e raivoso – clima de bruxo. Samhain – o Halloween

Maldição

para o restante da humanidade – passara sem a devida reverência por parte dele. Pela primeira vez na vida, não se guiava pelos encontros e sabás da sua tradição. Em vez disso, concentrara suas energias nas Cahors e na reconquista da liderança da Suprema Confraria – um calendário interno, movido à ambição... e à vingança.

– Por que *não* tentar uma troca de prisioneiros? – perguntou Eli. Ainda estava na Inglaterra, vigiando os Moore para o pai. E observando o seu irmão.

Jer, meu filho errante.

E, verdade seja dita, meu orgulho e minha alegria...

– Ela não vai se arriscar por duas pessoas que nem mesmo são parentes dela – disse Michael. – Afinal de contas, é uma Cahors. O melhor que posso esperar é que a confraria a ferre para fazer uma tentativa de resgate.

– Isso não vai acontecer, papai – murmurou Eli, baixando a voz. – Você tem que matá-la. Sir William está deixando todo mundo louco. Alguns querem derrubar você.

Por causa do ataque à barca, Michael sabia. *Tenho algumas falhas,* pensou. *Eu poderia ter sido mais sutil. Por que não fui? Os Deveraux avançam onde os anjos têm medo de pisar.*

– Não sofra com isso – resmungou ele. – Estou muito perto de dar vida ao Fogo Negro de novo. E aí o passado não terá a menor importância.

Passado é passado.

Todo mundo sabe que os Deveraux devem comandar a Suprema Confraria.

Ele mudou de assunto.

– Como está Jeraud?

– Ele ainda está em Avalon. O James já fez muita coisa para ele melhorar, mas o Jer, com certeza, ainda parece nojento.
– Então você o viu.
– De longe. Estou na sede, em Londres.

E provavelmente anda tentando matá-lo de longe também, pensou Michael. *Se conseguir, vai se arrepender. Jer é o responsável pela conexão com Jean e tem o poder por causa disso. Não você.*

Por alguma razão fomos capazes de dar a vida ao Fogo Negro no último Beltane, e precisamos descobrir por que não fomos capazes de repetir o nosso sucesso. E não acho que a resposta esteja com você, Elias.

– Então, você vai, tipo, desafiá-la em um duelo? Convidar a garota para comer e brincar de marinheiro?
– Achei melhor deixar que ela viesse a mim – disse Michael ao filho. Acrescentou: – Eu entro em contato.
– Mas...
– Tchau, Eli.

Ele desligou e colocou o celular no altar.

Michael era um dos principais arquitetos de Seattle e, como tal, um homem rico. Tinha muito dinheiro disponível – situação nada atípica para um bruxo da sua estatura – e gastara grande parte em um belo iate, que batizara de *Fantasme*. Quando levava amigos para velejar, eram comandados pela baía pelo capitão de Michael, um homem chamado Hermes. Mas quando estava sozinho, Hermes revelava sua verdadeira forma: era um demônio, um escravo do inferno, e trabalhava para a família Deveraux havia sessenta anos. Apegara-se ao diabrete de Michael, e os dois se divertiam no deque, navegando o iate sobre as águas escuras da Elliot Bay.

Discutira-se a possibilidade de fechar a baía por completo, depois de fechá-la aos barcos de passeio, mas a questão

Maldição

foi abandonada, apenas porque a guarda costeira não tinha poder suficiente. Michael fizera vários encantamentos para o esquecimento, e a maioria da população decidira que não havia monstros na baía, mas uma orca renegada e um cardume de tubarões.

E também, como qualquer bruxo de posses, o iate de Michael era equipado com um belo altar em reverência ao Deus Cornífero. Seu guia pessoal de magia negra ficava ao lado do crânio de Marc Deveraux, seu pai e bruxo importante, e o telefone ao lado do livro. Uma estátua do Deus sobrepunha-se às tigelas e velas do Ritual, sendo bastante parecidas com as que tinha na câmara de encantamentos da sua própria casa.

Curvou-se, em obediência, nu sob as vestes vermelhas e verdes que eram cobertas de sinais e símbolos. Eram as mesmas imagens das cicatrizes ritualísticas com que decorara o próprio corpo, como testamento à sua arte. O sangue dos cortes originais alimentou bem a lâmina do seu punhal.

Agora, voltava-se para os seus desorientados prisioneiros. De costas um para o outro no chão, estavam amarrados e amordaçados sem cerimônia, e ele cortou um das tranças da moça e cortou a bochecha esquerda do rapaz. Seu punhal sugou, com avidez, o sangue do homem, e ele estremeceu de deleite, sentindo o poder que tomava conta da sua arma.

Ele estalou os dedos da Mão Gloriosa no altar – a mão enrugada de um homem morto, na qual cinco velas negras brilhavam. Então ele afrouxou as suas vestes e desenhou uma linha no centro peito com o punhal. O sangue escorreu livremente.

Lua da Bênção

– Chamo a presença de Deus – disse, em voz alta. – Conclamo os poderes à minha disposição para que me ajudem na batalha. Busco vingança contra a Confraria Cahors, e chamo os meus diabretes e demônios, os meus diabos e semelhantes para que me ajudem. Chamo três, três, três; chamo sete, sete, sete, sete, sete, sete, sete. Abracadabra.

Sentiu o poder percorrendo suas veias e o circundando. Lembrança de ancestrais, havia muito tempo mortos, tomaram a sua mente, e ele começou a cantar em uma língua antiga que nem mesmo conhecia.

Espirais verdes, azuis e vermelhas materializaram-se no chão de madeira, rolando como carpetes de névoa e fumaça, juntando-se, tropeçando umas nas outras. Pela escotilha um feixe de luz iluminou os rostos aterrorizados de Kialish e Silvana enquanto eles eram circundados pela fumaça que passava pelos seus corpos, dançando sobre as suas peles. Um trovão eclodiu no céu, juntando-se ao barulho do motor do iate acelerado por Hermes.

Depois o som mudou. Uma batida mais profunda, que gradualmente assumiu um ritmo – *ca-tum, ca-tum* – enquanto a névoa engrossava, espiralando-se repetidamente até alcançar os joelhos de Michael e subir ao peito de suas vítimas.

– Conclamo os meus ancestrais! – gritou bem alto.

Ca-tum, ca-tum... O som distante de cascos de cavalo. Dentro do nevoeiro, surgiram esqueletos se solidificando; e eles ficaram de pé. Escudos e espadas apareceram nos seus braços. Outros se materializaram com rifles e baionetas. Então outros mais – os modernos Deveraux – tomaram forma carregando metralhadoras e uzis.

Maldição

Ca-tum, ca-tum... Michael sorriu ao perceber que a névoa tomava toda a cabine, engolfando os dois jovens. Ansioso, foi até o deque, punhal em mãos.

Teve uma gloriosa visão: centenas de fantasmas dos seus ancestrais desciam a cavalo do céu, surgiam das profundezas em carros modernos, cantando pneus, fazendo manobras radicais para se juntarem à batalha.

Comandando os guerreiros celestes, tendo o seu fiel escudeiro à esquerda, Laurent, duque de Deveraux, vinha montando Magnifique. Sua armadura brilhava em meio à névoa; Magnifique também estava protegido, vestindo sua manta de batalha, decorada em verde e vermelho.

Os mortos gemiam de júbilo e sede de vingança; enquanto os Deveraux se juntavam, demônios chifrudos e diabretes ganhavam vida. Com pele vermelha e dedos compridos, juntaram-se a eles, e o exército do inferno ansiava por sangue de bruxa.

Então, vieram os falcões – centenas deles.

Todos preparados para arrancar olhos e corações.

O duque chegou ao deque, e Michael ergueu o rosto para cumprimentá-lo. Em resposta, o outro tirou o elmo e estendeu a mão.

– Muito bem – disse a Michael. – Talvez você consiga vencer essa.

Rodeada pelos seus seguidores, Holly postava-se sob um guarda-chuva preto à beira d'água, e via o inferno tomar a Elliot Bay. Kari olhava através de binóculos e resmungava:

– Não é possível.

Lua da Bênção

Ao seu lado, Tante Cecile murmurava um encantamento, e Dan sacudia devagar a cabeça, aflito.

Amanda saiu do lado de Tommy, aproximou-se de Holly e pegou a mão da prima, juntando as duas partes do lírio que as duas traziam como marca.

– Cadê a guarda costeira? – perguntou.

– Pro inferno a guarda costeira – disse Kari. – Cadê a guarda nacional?

Dan balançou a cabeça numa espécie de admiração perversa.

– Ele foi inteligente desta vez. Ocultou tudo. Duvido que qualquer pessoa possa vê-los. O show é só para nós.

– Então, ele sabe que estamos aqui – disse Kari com um frio na voz.

– Ele não seria um bruxo se não soubesse – concluiu Dan.

– Então, por que não ataca? – perguntou Amanda, lambendo os lábios. – Por que ficar tão longe?

Holly fechou os olhos.

– Porque ele está cercado de água.

E quer que os meus companheiros de confraria se afoguem.

Para que eu fique sozinha para enfrentá-lo.

Não posso deixar isso acontecer.

Observou o exército de mortos Deveraux que continuava a se aglomerar; eram milhares contra seis.

Holly fechou os olhos.

Isabeau, chamo-te, implorou. *Não posso combatê-los assim. Preciso da sua ajuda. Sou uma Cahors. Envie meus antepassados, seus aliados e seus servos nas artes. Salva-nos... e te dou o sacrifício que for de teu desejo.*

Maldição

Algo queimou dentro dela; Holly sentiu-se cair aos tropeços, descia a um lugar muito frio, muito sombrio, escuro. Em volta dela, estrelas dançavam; não havia chão nem paredes. Estava no espaço. As estrelas próximas e brilhantes.

Estava fora do tempo.

Cores vibrantes circulavam à sua volta, espirais pretas e prateadas; roxas, vermelhas, cianos. Explosões de luz dançavam e faiscavam; estrelas caíam às centenas.

Ouviu gritos e gemidos; ouviu a voz de uma só mulher sussurrar:

– Minha filha, minha filha, minha filha...

Mãe?, perguntou-se, excitada.

Mas não era a sua mãe quem a chamava.

Era a mãe de Isabeau.

Numa nuvem de arco-íris luminosos, uma mulher tomou forma. Era alta e imperativa, vestia uma tiara com dois chifres e trazia um buquê de lírios na altura do peito. Seu manto era preto e prata, e cobria seus pés com várias camadas de tecido. Sua boca estava fechada; era um cadáver em preparação para o enterro. Seus olhos se abriram, e ela olhou diretamente para Holly.

Você vale a pena?, perguntou sem falar.

Holly sentiu um nó na garganta. Ergueu o queixo.

Tenho que valer, respondeu.

Você é merecedora de carregar o manto?, perguntou o fantasma. *Todos falharam comigo. Ninguém jamais tomou o lugar de Isabeau; trouxe de volta à nossa casa a nossa glória anterior... é você a escolhida? Devo me importar e poupá-la?*

– Sim – disse Holly.

Lua da Bênção

A jovem abriu os olhos.

Sob a chuva, Holly foi cercada de fantasmas guerreiros de outros tempos e lugares, uns carregando estandartes de lírios, outros espadas. Havia Cahors com arcos e flechas e outros com lanças.

Quando viram que Holly abrira os olhos, ergueram suas lanças, suas maças e suas espadas, e gritaram:

— Holly, Rainha!

A moça perdeu o fôlego e olhou em volta, em busca dos outros. Haviam se adiantado alguns metros na praia. Estava sozinha em meio ao turbilhão que era o seu exército.

Uma águia fêmea passou a voar ao seu lado; Holly ergueu o braço e o pássaro pousou com facilidade. Então, um jovem materializou-se diante de Holly. Vestia túnica e legging e segurava um enorme cavalo de batalha pelas rédeas. Ele se ajoelhou e ofereceu ajuda para que ela montasse.

Holly compreendeu; colocou o pé nas mãos destinadas a ajudá-la e montou na sela feita de ossos e metal. O pássaro permaneceu firmemente pousado no seu braço.

Uma armadura cobriu-a por mágica; o mundo ficou estreito através da fenda do elmo.

— *Vive la Reine!* — disse o exército em coro, erguendo suas armas no ar. *Vida longa à rainha!*

Holly respirou fundo. *Não faço a menor ideia do que estou fazendo.*

Os outros membros do seu círculo vieram até ela; Holly afastou-os com um raio mágico que saiu da ponta dos seus dedos. Jogados ao chão depois de algumas tentativas, colocaram-se sentados e pareciam bastante surpresos.

Maldição

– Vocês vão se afogar – disse ela, mas sabia que não podiam escutá-la por causa dos selvagens gritos de guerra à sua volta.

– *Alors, mes amis!* – gritou Holly, apesar de jamais ter falado francês na vida. – Devemos matar os Deveraux de uma vez por todas!

– *Deveraux, la-bas!*

Seu escudeiro entregou-lhe uma lança, como nos filmes de batalhas. Bandeirolas esvoaçavam na ponta, que brilhava com um verde venenoso. Apesar de ser maciçamente pesada, Holly ergueu-a como se quisesse alcançar as nuvens.

Trovões ecoaram; relâmpagos rasgaram o céu. Os mortos Deveraux gemeram e se contorceram. Seus falcões eram mais numerosos do que as gotas de chuva.

– Holly! – gritou Amanda. – Holly, nos leve com você.

Ela não lhe deu atenção. *Viva,* pensou em relação à prima.

Então, cutucou os flancos do seu cavalo com os calcanhares e se encaminhou na direção da água. Gritando de modo selvagem, os seus soldados a seguiram.

Assim que os cascos do cavalo tocaram a água, ele galopou na sua superfície, espalhando gotas enquanto corria em direção à batalha. Fumaça saía das suas ventas; pequenas labaredas dançavam ao redor do seu corpo. O corpo inteiro de Holly formigava como se ela estivesse ligada a uma tomada. Sentia a conexão entre ela e cada membro do seu exército... Viu Isabeau de um lado e Catherine, mãe de Isabeau, do outro, apesar de saber que elas eram invisíveis e que o que via não passava de vibrações da sua mente.

Como tiros de canhão, ela e suas tropas voaram sobre as águas. Os falcões Deveraux começaram a atirar-se sobre eles;

Lua da Bênção

Holly ergueu a sua lança e entoou um encantamento. Bolas de fogo saíram da ponta da arma e derrubaram dezenas de pássaros; sendo seguida por outra bola de fogo, e mais outra.

Outros do seu exército fizeram o mesmo. Cadáveres e falcões despencavam na água.

No centro da tempestade Deveraux – o iate –, homens a cavalo e soldados seguiram a deixa do seu líder e correram em direção a Holly e seus agregados. O barulho era ensurdecedor. Holly não conseguia ouvir nada; mesmo assim, escutava as trovoadas de seu coração...

... e mais o de outra pessoa...

Sua lança cruzou-se com a lança de um Deveraux, cujo rosto era um crânio. Apesar de jamais ter lutado, combateu com força a lança do inimigo e, para sua surpresa, ele a deixou cair. Na sua mão esquerda materializou-se uma espada. Ela ergueu o tronco na sela, inclinando-o por sobre o cavalo, e feriu o esqueleto na costela.

Ele explodiu.

Ela piscou, mas não teve tempo de processar o que acabara de ver, já que mais Deveraux convergiam sobre ela. Brandiu a sua espada e apontou a lança como se tivesse nascido para guerrear; a águia fêmea batia asas no seu ouvido, piando como se desse a Holly instruções. Pareceu-lhe que ela mesma guiava seus braços e pernas; não fazia ideia de como lutar daquela maneira, ainda assim, estava fazendo um trabalho soberbo.

Ao chão tombavam os Deveraux, ao chão transformavam-se em nada. Seu exército era impressionante na coragem, no desafio e na capacidade. Gritando e festejando com

Maldição

todo o seu fervor guerreiro, seus soldados atacavam em abandono destemido.

Holly guerreou tão bem quanto eles e quando percebeu que estava, na verdade, dirigindo-se ao iate, também se surpreendeu, e quase foi derrubada por uma criatura hedionda, vestida de peles, com um capacete que tinha no topo um crânio.

Mas lá estava! Podia ver a torre da embarcação e a coisa dentro dela, um diabrete maior que aquele afogado por ela. O iate flutuava sobre as águas como se Michael recuasse, mas Holly sabia que isso seria bom demais para ser verdade.

– *Allons-y!* – gritou, gesticulando para meia dúzia dos seus companheiros fantasmas. Apontou com a ponta da espada para o iate. – Vamos invadir o barco!

– *Non, non* – soou uma voz na sua cabeça. – Por baixo do deque.

Seu cavalo galopou inclinado, os cascos trabalhando debaixo d'água. Uma fileira de escotilhas brilhou com energia mágica à altura dos olhos de Holly.

Soube, no fundo da sua alma, que Silvana e Kialish estavam lá dentro.

– Atacar! – gritou.

À sua volta, os guerreiros se lançaram às escotilhas, quebrando-as com força física – o que era surpreendente, pois eram fantasmas –, e o cavalo de Holly adentrou pela ruptura. Lá dentro era de uma escuridão total.

A embarcação logo adernou e começou a encher-se de água.

Holly saltou do cavalo, água gelada da baía cobrindo-a até a cintura, e gritou:

– Silvana! Kialish!

Seu joelho direito atingiu alguma coisa; enfiou a mão dentro d'água e agarrou um punhado de cabelo. Eram duas pessoas.

Foram amarrados juntos.

Tateou um pouco mais abaixo e encontrou as cordas, juntou as mãos em volta dos dois e se esforçou para puxá-los.

O iate estava afundando.

– Cavalo! – gritou.

Seu cavalo foi até ela, que arrastou o peso morto na sua direção.

Há quanto tempo estão debaixo d'água? Deusa, proteja-os, mantenha-os vivos...

Então, com a força que sabia não possuir, ergueu-os, tirando-os da água.

Sob a luz da Lua, viu os rostos de Silvana e Kialish, flácidos e vazios; e temeu o pior. Mas não havia sentido em se preocupar com isso naquele momento. Com a espada, libertou-os das cordas, tentando posicioná-los de maneira que fossem capazes de permanecer sobre o cavalo. Mas os dois estavam muito moles.

– Preciso de ajuda aqui! – berrou.

Dois fantasmas se apresentaram. Um era um esqueleto; o outro estava vestido como um puritano inglês. Cada um pegou um dos seus amigos em sofrimento e o colocou diante de si, na sela do seu cavalo.

Holly bateu no flanco dos cavalos e disse:

Maldição

– Voltem para a praia.

Os fantasmas fizeram o que lhes fora ordenado.

Então, de uma só vez, o iate afundou.

Tossindo e cuspindo água, Kialish recobrou a consciência. Olhava na direção do iate, enquanto ele sumia dentro d'água. Isso já era chocante demais; mas o pior era que Laurent, o fantasmagórico líder dos Deveraux, mergulhou logo em seguida, montando um enorme cavalo negro.

Na mão direita, carregava uma espada envenenada. Na esquerda, uma varinha mágica.

A água onde ele mergulhou emanou um brilho vermelho-sangue.

Kialish fechou os olhos. *Ele está atrás da Holly.*

Pela mudança no comportamento dos soldados à sua volta, soube que estava certo. Aqueles que ainda tinham rostos pareciam sofrer; maxilares cadavéricos caídos em assombro. Cabeças inclinadas para trás. Havia uma gritaria como Kialish jamais tinha ouvido. O medo fervia em volta dele.

Os Deveraux notaram o pânico deles e recobraram as suas forças... e o exército de Holly começou a fraquejar.

Kialish viu tudo isso com uma clareza estranha. Sabia o que aconteceria quase antes de o fato ocorrer.

Também sabia que Laurent mataria Holly... a menos que algo pudesse ser feito.

Algo pode ser feito, disse uma voz dentro da sua cabeça. *Você pode fazer.*

Apesar de estar sendo carregado em uma velocidade estonteante, a silhueta de uma mulher tremeluziu diante dele.

Segurava um espelho e gesticulava para que Kialish olhasse o seu reflexo.

Ele viu Holly afogando Hecate. E soube por que o fizera.

Ela precisa dar algo mais à água, disse a silhueta. *Algo de valor.*

A figura perdeu nitidez e depois desapareceu, levando o espelho com ela. O brilho vermelho onde Kialish vira Holly pela última vez incandesceu e se espalhou como sangue sobre a água.

Kialish pensou em Eddie e o seu coração doeu.

Você vai vê-lo de novo. Eu juro.

Pensou em todas as coisas que planejara fazer na vida.

Você vai fazer outras coisas, em outro plano.

Então, o mais rápido que pôde, para que não pudesse ser salvo, Kialish lançou-se na água.

A água estava escura, cheia de energias e coisas que se moviam; quando alguma coisa mergulhou – o seu salvador, talvez – outra o agarrou pelos tornozelos e começou a puxá-lo para baixo, fundo demais para que pudesse respirar, e, em segundos, seus pulmões gritavam por ar...

...então, envolto em uma esfera tremeluzente, viu Eddie, de braços estendidos. Ele fez o mesmo gesto com os seus, ou pensou ter feito; sua mente estava confusa e ele começava a morrer. Mas lá estava Eddie... sim...

... e ele o amava e ficaria com ele.

Sim.

E a Deusa aceitou o que lhe fora ofertado debaixo d'água.

DOZE

LUA DA COLHEITA

☾

Saboreamos toda morte que causamos,
Rasgamos os corpos com dentes e garras
Bebemos o sangue e comemos a carne,
Rapidamente, enquanto estão frescos e mornos.

Cahors agora tem muito poder.
Glorificamo-nos na nossa hora não sagrada.
Debatendo-se, sofrendo, contorcendo-se
Enquanto fazemos a nossa colheita.

Holly: Seattle, Novembro

A Confraria foi para a casa de Dan, apesar de o xamã ter ido levar Richard para São Francisco a fim de mantê-lo longe de perigo.

Agora, diante dos seus companheiros, Holly não conseguia encará-los. Podia sentir no ar o peso dos olhares fixos nela. Ainda assim, no seu íntimo, o desafio permanecia. Fizera o que tinha de ser feito, o que era necessário para salvá-los, todos eles.

Menos Kialish.

Não conseguia impedir as lágrimas que queimavam seus olhos. Kialish era a sua falha, apesar de saber que ele escolhera sacrificar-se para salvá-la. Se não tivesse precisado de ajuda, fosse ela mais poderosa, ele ainda estaria vivo.

Fechou os olhos, lembrando-se da sensação na hora da morte do amigo. Houvera um momento de dor muito intensa seguido de uma onda de poder diferente de tudo que ela já sentira na vida. Até mesmo a água pareceu afastar-se dela, surpresa com a energia que percorria suas veias.

Holly se perdeu, pensou Tommy enquanto olhava para ela. Ela cambaleava de leve, e ele se perguntou o que estaria vendo, sentindo. Ao seu lado, estava Amanda, e ele era capaz de sentir o ódio dela, o medo dela. Holly estava além deles agora.

Tommy jamais esqueceria as coisas terríveis que vira na noite anterior, como espectador indefeso, da praia.

Não devia ser desse jeito. Isso não estava certo.

Olhou para os outros em volta e soube que pensavam o mesmo. Sabia que Kari pensava em deixar o grupo; tudo nela indicava isso. Ele o faria, se pudesse, mas estava preso. Ainda assim, sua lealdade era devotada a Amanda, não a Holly. Se Amanda decidisse seguir a prima, ele também o faria.

Anne-Louise ainda sentia o coração disparado no peito. Parecia que o batimento não diminuíra desde o fim da batalha. As notícias da Confraria Mãe que teria de dar às bruxas Cathers não eram nada apaziguadoras. Só de pensar em contar as novidades para Holly, seu batimento cardíaco acelerava ainda mais.

Holly era diferente de tudo que já vira. O poder da jovem bruxa era tremendo, muito maior do que imaginara. Quando chegasse a hora, saberia como usar e tirar proveito do seu poder. Então, seria praticamente impossível detê-la. Mas agora, era ainda muito selvagem, muito destreinada. Desperdiçava demais a sua força e não fazia ideia da profundidade que tinha dentro de si.

Anne-Louise não conseguia deixar de imaginar como Holly seria se tivesse sido criada desde sempre na Confraria. Seria mais habilidosa, mais forte, com certeza mais controlada. *E talvez nada dessa confusão com os Deveraux teria acontecido.*

Balançou a cabeça. Isso não era verdade. Bastava que existissem Deveraux e Cahors vivos para que guerras sangrentas acontecessem. Era uma vergonha, um desperdício de magia e de poder. A rixa entre as duas famílias era enorme, grande demais até mesmo para que ela pudesse consertar. Algumas coisas não podiam ser ajustadas com palavras. Alguns tratados de paz não estavam destinados a durar, e, às vezes, a paz não podia ser forjada.

Sorriu, secamente. Não que alguém estivesse tentando fazer alguma dessas coisas. Não, a desavença entre as famílias era permitida. Talvez até mesmo encorajada em segredo tanto pela Suprema Confraria quanto pela Confraria Mãe. O poder dos Deveraux e dos Cahors era assustador demais, e a única maneira encontrada para controlá-lo era manter o seu foco em outra coisa. Enquanto Deveraux e Cahors guerreassem entre si, nenhuma das duas famílias assumiria o poder das confrarias maiores... ou do mundo.

Afastou tais pensamentos da cabeça; não seria bom que fossem lidos por outra pessoa. Respirou fundo. Era hora de encarar Holly e a sua Confraria.

Atravessou os escudos sem precisar quebrá-los. Era um truque que ela, até onde sabia, era a única de sua Confraria capaz de realizar. Era uma arte perdida, mencionada apenas uma vez em um dos textos antigos. Precisara de quinze anos para aprender. Mas era útil, sempre que desejava aparecer sem ser anunciada.

Holly e companhia olharam para ela em choque, quando levantou a sua capa de invisibilidade e apareceu diante deles. Observou o grupo descomposto, atenta aos ferimentos, tanto físicos quanto mentais.

Desejou estar ali para trazer-lhes conforto. Infelizmente, faria exatamente o contrário.

Nicole: Londres, Novembro

Nicole tinha de admitir que era muito bom tomar banho. Conseguira alguma privacidade, pelo menos achava que conseguira. Enquanto se despia, não conseguia deixar de pensar que talvez alguém a estivesse espionando. Lutara contra a vontade de entrar na banheira com roupa e tudo. Em vez disso, obrigou-se a despir-se devagar.

Era atriz o bastante para fazê-lo com graça, mesmo que suas mãos estivessem tremendo. Agora, deitava-se na banheira com água quente e se limpava com uma esponja embebida em sabonete de baunilha. Pétalas de rosas flutuavam na água.

Sentia-se mais parecida com uma virgem prestes a ser sacrificada do que com uma noiva. Tremia, apesar de a água estar morna. Ao afundar na banheira, lembrou-se de quase ter se afogado de verdade da última vez que tomara um banho daqueles. Lembrou-se vagamente de uma promessa tola de só tomar banho de chuveiro. Mas isso fora antes de toda aquela poeira.

Maldição

Sua mente divagou sobre as últimas vinte e quatro horas. Sir William ficara enfurecido quando James a apresentara. Não eram necessários poderes especiais para perceber. E isso não era nem a metade da fúria que Holly e Amanda sentiriam se soubessem. Ela não pôde impedir um sorriso tolo ao pensar nisso.

Será que pensariam que perdera a cabeça ou, pior, o coração? Amanda provavelmente pensaria o pior. Afinal, nos velhos tempos, Nicole não saía com Eli, sentindo-se atraída pelo seu lado sombrio?

O que as duas pensariam quando não voltasse para casa? Iriam procurá-la? Estavam bem? Amanda tentara dizer algo a ela, algo sobre uma barca, mas não tivera tempo de escutar. Ela disse que Eddie morreu. Nicole não o conhecia bem o bastante, mas mesmo assim estremeceu. As coisas não deviam andar bem em casa. Provavelmente precisavam dela, e, agora, não podia ir encontrá-las.

Não estou abandonando você, Amanda. Apenas não tenho como sair dessa agora.

Fechou os olhos e lutou contra a urgência de uma explosão histérica. Amanda não a conhecia mais. Ela própria mal se reconhecia.

Não, nos velhos tempos, provavelmente ela sentiria atração por James. Admitia isso sem problemas. Na época em que confundia maldade com força, antes de ter sentido o poder da Luz. Antes de Philippe tê-la abraçado enquanto ela chorava.

Seu coração doía ao pensar nele. Sabia que viria atrás dela, mas ele não sabia quando. Precisava manter-se viva até que viesse, não importava o quanto isso custasse, não importava que tivesse de casar com o demônio para sobreviver.

Lua da Colheita

Confraria Cathers/Anderson: Seattle, Novembro

– O que você quer? – perguntou Amanda, quebrando o silêncio.

No chalé do xamã, Anne-Louise olhava de um para outro sem piscar.

– Vocês, todos vocês. Holly foi chamada a um encontro na Confraria Mãe em Paris, e todos devem vir.

– Por que deveríamos ir? – perguntou Holly.

– Porque podemos ajudar vocês. – Anne-Louise permaneceu atenta ao ambiente por mais alguns minutos. Enfim, recuou, e todos começaram a falar ao mesmo tempo.

Esperou, com paciência. Por fim, tudo tendo sido discutido, Holly ficou de pé. Anne-Louise voltou a aproximar-se do grupo.

– Nós vamos, mas não todos. Tante Cecile e Dan vão levar tio Richard para São Francisco. Lá, ele vai poder ser protegido, e eles vão cuidar de uma velha amiga minha. Amanda, Kari, Tommy, Silvana e eu vamos com você.

Anne-Louise concordou, entendendo. Disfarçou o seu alívio. A discussão correra melhor do que imaginara.

O jatinho esperava no aeroporto, e Holly não conseguiu impedir o próprio assombro. Foram encaminhados para dentro por Anne-Louise, e logo estavam sentados nas mais macias poltronas de couro.

– Tem bebida e comida na cozinha – informou Anne-Louise, apontando para o local. – Sirvam-se.

Tommy, ansioso por poder ajudar, foi correndo. Voltou em segundos com refrigerantes para todos e um pacote de amêndoas.

Maldição

— Já pensou em ser comissário de bordo? — brincou Kari.
— Viajar? Conhecer gente interessante? Ter experiências únicas? Desculpe, acho que já tive meu quinhão — respondeu, bem-humorado.

Holly olhou para ele. O jovem não era um bruxo, não de verdade, mas se esforçava demais. Quando entregou o refrigerante para Amanda, o sorriso dele se iluminou, e ele acariciou de leve a mão da jovem.

Holly então encarou a prima, perguntando-se se esta sabia o que Tommy sentia por ela. Se sabia, não estava dando espaço. *Parta logo o coração dele ou dê uma esperança,* pensou.

Como se tivesse escutado, Amanda olhou para ela e sorriu discretamente. Holly devolveu o gesto antes de recostar-se na poltrona. Seria um longo voo.

Gwen: Oceano Atlântico, 1666

A tempestade castigava o navio havia dias. Por toda parte, pessoas adoeciam e morriam. Giselle, agora Gwen, juntara seus filhos — eram três — e deixara Londres. A Confraria Mãe estava furiosa e ela não tinha nada a oferecer à entidade.

Agora, entoava encantamentos de proteção sobre os gêmeos, Isaiah e David, e sua filha Marianne. Os quatro ainda tinham saúde, graças a Deusa. As pessoas precisavam de ar fresco, precisavam distanciar-se umas das outras. Por fim, um dos tripulantes informou que parara de chover.

Juntou as crianças e as levou ao deque. Em volta deles, o oceano, mas apenas um pálido raio de sol abria passagem por entre as nuvens. Ela respirou fundo e ordenou que as crianças fizessem o mesmo.

Marianne se afastou dela. Gwen não a impediu, a menina precisava de exercício, precisava de liberdade.

Mas quando Marianne chegou na lateral do navio e olhou para a água, Gwen sentiu o coração subir-lhe à garganta.

– Voltem! – gritou.

Mas era tarde demais.

Uma onda gigantesca lambeu a lateral da embarcação e levou a criança com ela.

Gwen correu até lá, aos gritos. O capitão vira a cena e a impedira, interpondo-se no seu caminho.

Dois tripulantes correram à borda e olharam para as águas escuras. Lentamente, endireitaram-se balançando a cabeça com tristeza.

– Sinto muito, senhora. Ela se foi – disse o capitão, com a voz rouca. Mas os seus olhos brilharam, demonstrando compaixão.

Ela gritou e tentou se jogar em busca da filha. Talvez ainda pudesse salvá-la. Pelo menos, poderia juntar-se a ela.

– Senhora! Pense nos seus outros filhos.

As palavras lhe trouxeram de volta à razão. Virou-se, soluçando, e correu de volta para os dois meninos. Eles a encararam, o medo estampado nos olhos. Abraçou-os e chorou.

Quando viu as florestas da nova terra ao longe, já se resignara com a morte de Marianne. Seu coração estava partido, mas era uma Cahors, e corações partidos tinham pouco a ver com o que precisava ser feito.

Agora, somos três, somos os "Cathers". Não tenho filha que carregue adiante a linhagem da família, mas os meninos ao menos têm alguma magia. Talvez assim seja melhor. Talvez seja um sinal da

Maldição

Deusa, dizendo que a Confraria Cahors está de fato morta... e que a magia deve morrer comigo.

Gwen de Cahors olhou para os meninos e só sentiu amor por eles. Quis que crescessem conhecendo apenas o amor. E a paz. Não, não lhes ensinaria magia. Não lhes contaria sobre a Deusa nem sobre os seus inimigos mortais, os Deveraux.

Tudo isso morreria com ela. O ciclo seria quebrado.

Sua filha fora o último sacrifício.

– Ninguém mais deve morrer por causa da nossa família – jurou a si mesma.

Juntou os meninos nos braços e os levou à balaustrada do navio.

– Olhem, meus filhos. Estamos chegando a um mundo novo. O seu nome é Jamestown.

Uma nuvem encobriu a sua alegria.

Jamestown era uma deferência ao rei James, o monarca que tanto odiava as bruxas.

Não importa, lembrou a si mesma. *Tudo isso está encerrado.*

Confraria Mãe: Paris, Novembro

– Não foi nada perto de miraculoso – disse Anne-Louise à Sacerdotisa-Mor quando se reuniram no Templo da Lua. A sala circular brilhava com pinturas e hologramas da Lua iluminados por velas douradas e refletidas em pequenas piscinas de água verde perfumada. Mosaicos antigos de Artemis decoravam o piso; as paredes estavam revestidas de murais e escrituras sagradas endereçadas à Senhora da Lua, que era a Deusa em todos os aspectos.

Seguidores se moviam em silêncio, cuidando para que as velas estivessem acesas, os braseiros funcionando, e ador-

Lua da Colheita

nando os pés das estátuas da Deusa nas suas várias encarnações: Hecate, Astarte, Maria de Nazaré, Kwan Yen etc. com lírios e rosas.

O Templo da Lua era o lugar mais sagrado da Confraria Mãe.

Bebiam vinho da Confraria; Anne-Louise solicitara ritos de purificação quando voltasse e foi atendida. Ainda não estava certa de ter se limpado da corrupção de Holly. Não se sentia tão inteira e forte como quando chegara em Seattle.

— Miraculoso é uma palavra estranha de sair da boca de uma bruxa — observou a Sacerdotisa-Mor. Era mais velha, ainda muito bonita, o cabelo ruivo balançando em volta dos ombros. Estava em vestes brancas do ofício, e tinha uma lua tatuada na testa. Anne-Louise também usava esse tipo de traje.

— Os Deveraux desapareceram — continuou Anne-Louise, acenando tão efusivamente com a mão que quase derramou o vinho. — O exército inteiro simplesmente desapareceu. — Inclinou o tronco à frente. — A Confraria Mãe *tem que* protegê-la... não importa o que ela faça.

A Sacerdotisa-Mor pareceu pensativa.

— Mas ela é uma Cahors...vai haver derramamento de sangue. Aquele rapaz que morreu...

Anne-Louise balançou a cabeça.

— Você prefere que ela se una à Suprema Confraria? Eles prezam muito ambição e poder. E se facilitarem um tratado de paz entre ela e os Deveraux?

A Sacerdotisa-Mor fez ar de desdém.

— Sir William jamais permitiria isso. Seria uma ameaça poderosa demais ao seu comando.

Maldição

– Sir William tem muitos inimigos – argumentou Anne-Louise. – A nossa única esperança é dar apoio à Holly, deixá-la saber que somos amigos.

A Sacerdotisa-Mor encarou a outra mulher por um minuto. Então, disse apenas:

– Então, que seja.

Ergueram o vinho num brinde, tomaram um gole e quebraram as taças no chão.

Paris, Novembro

A sala vibrava. Até Holly sentiu o poder do ambiente e baixou os olhos em reverência. O Templo da Lua era muito bonito, tomado de luz e de paz. A Sacerdotisa-Mor cumprimentou-os rapidamente, séria. Anne-Louise estava ao seu lado.

Havia mais meia dúzia de mulheres espalhadas pelo cômodo, todas olhando para os visitantes recém-chegados. Uma delas foi até Holly. Seu cabelo prateado ia até os joelhos.

Era a mulher do sonho de Holly. Movia-se com a mesma graça com o seu corpo físico. Adiantou-se e, com bastante solenidade, beijou Holly nas bochechas.

– Quem é você?

A mulher sorriu-lhe, etérea.

– O meu nome é Sasha. Sou a mãe do Jer e do Eli.

Ao seu lado, Kari perdeu o ar. Sasha virou-se na direção dela.

– E você, minha amiga, me conhece como Senhora do Círculo.

Holly ficou chocada quando Kari abraçou Sasha e começou a soluçar.

TREZE

LUA SOMBRIA

☾

A escuridão acoberta tudo o que fazemos,
Preenche nossas almas do começo ao fim.
Morte e maldade espreitam o nosso acordar.
O que um Deveraux quer, um Deveraux tem.

Deusa, guie-nos pela noite,
Preencha-nos de sua vontade e de seu poder,
Presenteie-nos com a força da permanência
E mande embora o amanhecer fatal.

Confraria Cathers/Anderson: Paris, Novembro

Nas suas vestes templárias brancas, Holly caminhava sob a luz da lua minguante no jardim, saboreando a tranquilidade do Templo da Lua. Era incrível que um complexo tão grande pudesse estar dentro da cidade, da barulhenta e agitada Paris. Mas o lugar tinha muita paz, era protegido contra a confusão e o caos, e uma parte sua desejava tornar-se sua seguidora e viver ali para o resto da vida.

Eles nem imaginam o que acontece fora dessas paredes, pensou. *Esqueceram. Ou será que estamos mais ligadas à realidade, mais atentas ao mal do mundo porque estamos combatendo Michael Deveraux?*

Maldição

Alguém a seguia; ela sentia a vibração no ar, o ruído suave de passos no piso de pedras sinuosos como uma cobra rastejando pelo jardim. Fechou os olhos e murmurou um Encantamento de Visão, depois relaxou ao ver que era a sua prima.

Desacelerou o passo para que Amanda pudesse alcançá-la. As vestes brancas ficavam um pouco grandes nela, e a jovem dobrara a sobra de tecido nos punhos; parecia uma criança brincando de se vestir de adulta. Holly sorriu, desejando dias mais joviais, mais felizes.

– Me mandaram para lhe procurar – disse Amanda, dispensando os cumprimentos. – Estão preparando um ritual de fortalecimento para nós.

Holly absorveu a informação. *Eles sabem que estamos de partida.* Estavam ali havia apenas um dia e uma noite, mas ela também sabia que não podiam passar mais tempo se recuperando da batalha contra Michael e do longo voo até Paris.

– Tommy e Silvana já estão lá – continuou Amanda, depois acrescentou, sorrindo, discretamente: – Kari disse que não vai participar e quer que a Sacerdotisa-Mor consiga alguém para levá-la ao aeroporto.

– Ela não sabe *mesmo* trabalhar em equipe – observou Holly, depois deu-se conta de que não cabia a ela esse tipo de observação.

O belo som de um gongo soou três vezes. Amanda olhou para Holly, que disse:

– Vamos lá.

Voltaram juntas pelo caminho sinuoso, virando na altura de um muro de hera, e depararam com a entrada do Templo da Lua. Era um grande arco de pedra, a abóboda do teto em formato de meia laranja. Belas árvores, comuns na França, adornavam a entrada; antes de cada uma havia uma grande estátua de mármore branco da Deusa em um de seus aspectos, como dentro do Templo: Astarte, Diana, Jezebel, Maria de Nazaré e Madre Teresa.

Amanda parou de repente. Segurou o braço de Holly e sussurrou:

– Olha, Holly.

A estátua da deusa Hecate estava chorando. Lágrimas rolavam no seu rosto de pedra.

Holly sentiu um nó na garganta. Tocada, ajoelhou-se devagar e curvou a cabeça. Amanda assistiu, o rosto suave, e Holly disse, em pensamento: *Minha prima pensa que estou implorando o seu perdão, deusa Hecate. Mas fiz apenas o que era o seu desejo e me recuso a acreditar que a morte da familiar seja responsabilidade exclusivamente minha.*

As lágrimas da estátua pararam.

Holly não fazia ideia do que aquilo significava, apenas que uma resposta lhe fora dada.

– Ah, Holly – sussurrou Amanda, encarando a estátua. Pegou a mão da prima e a ajudou a ficar de pé. – Holly, eu... Me desculpe por ter sido tão má.

Holly também sentia, mas não da maneira que Amanda estava pensando. Sentia pelo fato de o pedido de desculpas da prima não significar nada para ela, a não ser uma prova de que Amanda não era forte o suficiente para liderar a Confraria.

Eu mudei tanto, pensou. *Depois que sacrifiquei Hecate, fiquei mais forte. E com a morte de Kialish... o meu coração endureceu.*

Maldição

Bem, que seja. Se é isso que preciso me tornar para manter a minha Confraria viva e salvar Jer, tudo bem.

Entraram juntas no templo, atravessaram o hall e se colocaram sob a rotunda, que permitia que a luz da Lua brilhasse ali dentro. Atravessaram um arco menor, e entraram no templo propriamente dito. As duas deram um passo atrás.

Havia provavelmente duzentas mulheres em vestes brancas ali dentro. Reclinavam-se graciosamente em travesseiros de cetim branco ou descansavam ao lado das piscinas cobertas de rosas e lírios. Nenhuma cadeira, nenhuma fileira de assentos – os lugares para sentar eram espalhados, dispersos.

Parecem gatas, pensou Holly.

Uma grande mesa de pedra fora colocada no centro do templo, sob uma segunda abóbada, não visível do lado de fora. A Sacerdotisa-Mor estava atrás dela, abrindo os braços para dar as boas-vindas a Holly e Amanda. Usava uma tiara de prata cujo cume exibia uma lua crescente cravejada de diamantes. Luas haviam sido tatuadas com Henna nas costas das suas mãos e nas bochechas.

– Bem-vindas, Cahors. Nós as saudamos.

Amanda olhou para Holly e sussurrou:

– Por que ela está usando a versão antiga do nosso nome?

Porque na Confraria é esse o nosso nome, quis responder Holly. *Não somos Cathers e Anderson.*

Somos a Confraria Cahors. Pelo que sabemos, você, Nicole e eu talvez sejamos o que restou da nossa linhagem.

– Bem-vindas, Cahors – disseram em coro as mulheres de vestes brancas.

Lua Sombria

– Venha à frente, Círculo – falou a Sacerdotisa-Mor.

Silvana e Tommy saíram do lado de uma estátua da Deusa e se dirigiram à Sacerdotisa-Mor. Como todos os outros, vestiam vestes templárias brancas, mas o cabelo escuro de Silvana estava solto, cobrindo-lhe os ombros. Tommy parecia esquisito nas vestes brancas em meio a tantas mulheres, mas sorriu-lhes corajosamente.

Ao serem chamadas, Holly e Amanda também se aproximaram.

A Sacerdotisa-Mor manteve os braços estendidos e caminhou em círculos enquanto falava.

– Estamos aqui, irmãs, para proteger e fortalecer essa nossa Confraria-filhote, enquanto se prepara para deixar essas paredes.

Holly não conseguiu impedir uma reação de desdém, levantando o queixo e franzindo o cenho ao pensar, com ressentimento: *Não somos uma Confraria-filhote. Somos uma entidade separada, independente. Não concordamos em deixar que ninguém nos chefie.*

Mas as outras mulheres murmuraram:

– Que assim seja. – O que significava a sua aprovação aos sentimentos da Sacerdotisa-Mor.

Ela fez sinal para que Holly e os outros se ajoelhassem. O grupo obedeceu e Holly se preparou para o que vinha pela frente.

Uma jovem adorável, com delicadas feições asiáticas, colocou-se ao lado da Sacerdotisa-Mor. Carregava uma tigela de gesso, e um perfume de lavanda emanava dela.

Maldição

— Banharemos vocês em óleo — entoou a Sacerdotisa-Mor. Mergulhou os dedos na tigela e os ergueu. O óleo com cheiro de lavanda pingou no chão.

Ela e a jovem dirigiram-se primeiro à Silvana.

— Deusa, proteja os olhos desta moça. — Silvana piscou, e a Sacerdotisa-Mor colocou seus dedos sobre as pálpebras cerradas de Silvana.

— Deusa, proteja os lábios dela.

Encostou na boca de Silvana o óleo.

— Proteja o coração dela.

E o ritual continuou. A mente de Holly começou a divagar.

Não pertenço a este lugar. A Confraria Mãe está fora de alcance, fora de época. Preciso trabalhar com um grupo mais forte; com pessoas que não tenham medo de usar magias pesadas para lutar contra os Deveraux e a Suprema Confraria.

Imaginou mulheres mais fortes, mais duronas, não tão suaves e ansiosas.

Amazonas, pensou Holly. Sua imagem mental expandiu-se para incluir a si mesma, montada no seu cavalo fantasmagórico de guerra, comandando exércitos de fantasmas na Elliot Bay.

Preciso encontrar mais mulheres – ou melhor, mais pessoas – que tenham coragem de lutar daquele jeito.

— ... E ajude-os na sua empreitada para salvar a terceira Dama do Lírio das garras dos nossos inimigos...

Dama do Lírio?

— Que assim seja. — As mulheres se levantaram, orando.

– Enquanto eles vão embora daqui para salvar a sua irmã bruxa, Nicole Anderson...

– Não.

Holly permaneceu parada, forçando a garota que segurava a tigela de gesso a dar um passo atrás. Parte do óleo derramou da tigela sobre a sua manga.

Houve um suspiro coletivo.

– Holly? – murmurou Amanda.

– Nós vamos atrás da Nicole – garantiu à prima Holly –, mas primeiro...

– Não – cortou Amanda, ficando de pé. Disse para a Sacerdotisa-Mor: – Você sabe o que ela quer fazer.

A Sacerdotisa fez que sim, depois disse para Holly:

– Nicole é o seu sangue. A sua obrigação é para com ela.

– Não tenho obrigação! – trovejou Holly.

Foi como se alguém colocasse uma espécie de campo magnético diante dela. Do seu ponto de vista, tudo e todos no templo foram banhados por uma luz azul. Olhou para as suas mãos e viu que também estavam cobertas de azul.

– Isabeau – disse Amanda, olhando para Holly, boquiaberta.

A boca de Holly se abriu, mas não foi a sua voz que disse:

– *Alors*, viemos aqui buscar coragem, força. Mas vocês são tão fracas! Ela, e somente ela, salvará a Confraria Mãe e impedirá que a Suprema Confraria escravize toda a humanidade! E ela o fará com a ajuda do próprio filho do nosso inimigo, Jeraud Deveraux!

A Sacerdotisa-Mor moveu-se em direção a Holly, como se protegesse todos os outros no templo contra ela.

Maldição

Ela está com medo de nós, pensou Holly, com júbilo.

Amanda falou a seguir.

– Isabeau – disse, a voz baixa, porém firme. – Sei por que você quer ir até ele. O seu marido pode possuí-lo, exatamente como você está fazendo com Holly.

– *Silence!* – disse Isabeau numa língua que, para Holly, agora de lado, depois da possessão de Isabeau, imaginou ser francês medieval.

Então, ela forçou Holly a pressionar as duas mãos juntas. Uma esfera luminosa de energia azul formou-se entre suas mãos. Ela formigava, provocando sua pele. Devagar, ela manuseou a energia, moldando-a como uma bola, que explodiu em chamas.

As mulheres do templo reagiram de imediato. Algumas gritaram, outras tentaram escapar. Todas menos uma, que permaneceu ligeiramente ao lado, o rosto encoberto pelas vestes de capuz. Os olhos de Holly foram atraídos para ela. Havia algo naquela mulher...

Sua atenção se voltou para as outras, que saíam do caminho. Holly ficou extasiada com as reações de medo e respeito. Mesmo a Sacerdotisa-Mor recuou, mantendo uma distância de pelo menos cinco metros.

Estou com você, Lady Isabeau, disse ela silenciosamente a sua ancestral.

Ma brave, respondeu Isabeau. *Que boa bruxa você é!*

– Não nos pressione! – gritou Holly, saboreando o momento. E numa onda de pura alegria, ergueu a mão sobre a cabeça, de maneira ameaçadora, apontando a bola de fogo para a estátua mais próxima da Deusa...

– *Hecate de novo!...*

... E como acontecera com a estátua do jardim, a do templo começou a chorar.

Holly foi instantaneamente tirada do seu devaneio.

O que estou fazendo?

Faça-o, faça-o, ordenou Isabeau. Mas o seu domínio sobre Holly se fora.

Enrubescida, Holly baixou o braço. A bola de fogo desapareceu.

Então, Isabeau se foi. Holly sentiu a conexão se partir com a mesma certeza de quando cai uma ligação.

Chocada com o que dissera e fizera, correu para os braços de Amanda e murmurou:

– Desculpa, Manda. Desculpa. – Caiu em prantos.

– Tudo bem – murmurou Amanda. Mas o medo no seu tom de voz entregava a mentira das suas palavras.

Com o rosto no ombro da prima, Holly disse:

– Vamos buscar Nicole. Vamos salvá-la.

Sir William, James e Nicole:
Sede da Suprema Confraria, Novembro

Sir William olhou com grande prazer – e inveja – quando Nicole Anderson, enfeitiçada e obediente, colocou a mão sobre a do seu filho. O próprio sir William selou o compromisso dos dois com uma corda embebida em ervas e cortou as palmas de suas mãos para que os sangues se unissem.

Ele a levará para a cama, tomará o seu poder, trará as bruxas Cathers restantes até aqui e, então, queimarei as três vivas no Yule.

Maldição

A notícia acabara de chegar: Holly Cathers e o que restara da sua Confraria acabara de chegar a Londres com o propósito claro de salvar Nicole.

Agora, ele se divertia com os movimentos cautelosos do grupo; o bando de José Luís fizera a mesma coisa. Será que não percebiam que Londres era a base da Suprema Confraria? Que nada que acontecesse ali lhes escapava?

Nada. *Com certeza, James sabe que estou ciente dos seus muitos planos para me depor*, pensou ao olhar para o filho, o noivo. *Michael Deveraux também deve saber disso.*

Os Deveraux são tão maravilhosamente desregrados. Nunca se sabe para onde vão atirar... e quando se exaltam, não se sabe quem vão atingir.

Isso faz com que a vida seja interessante. E, quando alguém já viveu tanto quanto eu, essa é uma dádiva preciosa – preciosa o bastante para manter inimigos perigosos vivos quando deveriam estar apodrecendo no jardim, com seus olhos arrancados.

Na sua frente, a noiva, de preto da cabeça aos pés, balançava um pouco o corpo e piscava. Naqueles olhos, ele enxergou horror e surpresa diante da impotência para impedir o casamento. Ela não podia falar, não podia se recusar a desposar James.

Feliz por poder cutucar a ferida, sir James ergueu a taça onde o sangue dos dois havia se misturado e brindou ao casal, dizendo:

– Está feito. Vocês estão casados.

Então, quase ao mesmo tempo, virou-se para um jovem bruxo muito ambicioso, chamado Ian, cuja verdadeira ambição era tornar-se um diretor e produtor de Hollywood, e disse:

– Encontre Holly Cathers e os seus seguidores e os abata. Se não puder contê-la, mate-a na hora.

Michael, Eli e Laurent: Seattle, Novembro

A Lua minguara e crescera, e agora estava cheia de novo. A mansão da família Anderson estava deserta. Por meio de perguntas educadas, obtinha-se a informação de que Richard Anderson se mudara, pelo menos temporariamente, apesar de a companhia telefônica, os seus contatos ou o agente de viagem não saberem dizer a Michael para onde todos haviam ido.

Nenhum dos seus objetos divinatórios espalhados pela casa também podia informá-lo.

Não importa. Vou encontrá-lo logo... se precisar dele.

Permaneceu no jardim da casa elegante com Laurent e Eli, este recém-chegado de Londres com a notícia do casamento de James e Nicole.

Eli sentira a vibração de que talvez fosse hora de se afastar de todas as intrigas de Londres e reassumir a sua posição. Não fora capaz de matar Jer – *ainda* – e imaginava que antes de conseguir fazê-lo, talvez fosse melhor fazer as pazes com o pai, ou talvez acabasse morto também.

– Ali está – disse Michael, apontando para uma roseira no jardim. Em geral, rosas não brotavam em novembro, pelo menos não em Seattle. E mesmo assim o arbusto estava

Maldição

cheio de cor, apesar de o luar normalmente transformar vermelho em cinza.

Então, Fantasme, o falcão em espírito, apareceu no céu e veio juntar-se ao grupo. Michael sorriu, cumprimentando-o, e Eli fez um gesto positivo. Laurent suspirou com prazer e estendeu o braço. Nos seus dias de vivo, Fantasme fora seu companheiro em muitas caçadas.

Então, Michael pôs-se ao trabalho. Respirou fundo, concentrando-se, depois abriu os braços e falou com a terra.

– Conclamo você, ganhe vida e torne-se um dos meus – ordenou.

Trovões ecoaram a distância, e começou a chover.

Michael não se moveu, e repetiu o encantamento.

– Conclamo, ganhe vida e se torne um dos meus.

Começou a chover mais forte.

– A gente devia ter trazido guarda-chuva – resmungou Eli.

Laurent silenciou-o com um olhar duro. Mas foi só o que fez. O grande senhor dos Deveraux já começara a se ajustar à realidade da vida moderna... inclusive, à existência de jovens falastrões.

Outro relâmpago cruzou o céu.

– Conclamo você, ganhe vida e se torne um dos meus.

A roseira balançou, e um uivo fantasmagórico de fúria ecoou, vindo de baixo da terra.

Ao passo que os três se viraram, a terra sob a roseira começou a se abrir.

Um urro vindo da lama foi seguido por um sibilo baixo, ameaçador.

— Conclamo você, viva — disse Michael, mantendo os braços bem abertos.

Uma garra rompeu o solo. Então, a terra tremeu; sob a chuva forte, Hecate, a familiar morta, pôs-se sobre as quatro patas, e piscou os seus olhos amendoados.

— Devolvi-lhe a vida — dirigiu-se a ela Michael —, que lhe fora tirada pela bruxa Holly Cathers. Você servirá a mim, agora?

Hecate abriu a boca.

— Livrei você da morte — lembrou à gata. — Você me servirá agora?

Ela estremeceu.

— Servirei — disse ela.

Isso feito, Michael andou em círculos, encharcado pela tempestade. Os ventos uivavam; relâmpagos rasgavam a escuridão.

— Quem mais? — perguntou ele. — A chuva caía, e as nuvens apressavam-se em tapar a lua. — Quem mais vem a meu serviço? Quem se une a minha confraria?

— Eu — ouviu-se um coro.

Hecate pulou nos seus braços. Ele a acariciou enquanto, à sua volta, figuras tomavam forma: homens mortos, mulheres mortas, gnomos e espíritos, demônios desfigurados e diabretes, carregando cicatrizes de tortura.

Michael compreendeu. Haviam sido eles a se levantar contra os Cahors antes, tendo sido abatidos, muitas vezes com selvageria. Os Cahors nunca tiveram piedade dos seus inimigos — fato que Isabeau convenientemente ignorara no seu dito "plano" para poupar a vida de Jean ao ser queimado

Maldição

vivo. A sede de vingança era tão grande naqueles que ele conclamara, que isso os mantivera presos a terra – uma espécie de vida, caso a definição da palavra pudesse ser expandida.

– Nós a encontraremos juntos – prometeu a eles. – E faremos com que ela e a sua confraria paguem por tudo que cada Cahors já fez a qualquer um de nós.

– Por tudo – disseram em coro os mortos ensanguentados e cinzentos.

Michael sorriu para eles e para Laurent, que pareceu aprová-lo e disse:

– *Bien*. Muito bem.

Michael respondeu:

– Prometi a ela que a mataria até o meio do verão. E o farei.

Jer: Avalon, Dezembro

Em Avalon, Jer andava de um lado para o outro na sua cela, ouvindo o que a sua informante lhe contava:

– Dizem que a Confraria Cathers/Anderson está em Londres. Sir William e James estão procurando por eles em toda parte.

Não devo mandar o meu espírito até ela, pois talvez a rastreiem, pensou Jer, sofrido diante das notícias. *Disse a ela para ficar longe de mim...*

... mas Holly não está em Londres procurando por mim. Está atrás da prima.

Ele ficou ao mesmo tempo feliz e desapontado. Mas isso não era importante.

Ela deve viver.

Lua Sombria

Isabeau e Jean: Além do Tempo e do Espaço

Isabeau correu até Jean, de braços estendidos, mas o ódio no rosto dele fez com que as pernas dela fraquejassem. Caiu no chão diante dele, murmurando:

— Perdoe-me, meu amor. Tentei salvá-lo. Não queria que morresse pelas minhas mãos.

— Apesar disso, você obviamente jurou a outra pessoa que o faria — respondeu ele —, e por isso nos perseguimos através dos tempos, presos pelo ódio.

— *Non, non*. Pelo amor — insistiu ela. — Pelo amor, *mon* Jean.

A expressão no rosto dela o aprisionou, o seduziu, o amaldiçoou. Era a sua Isabeau; era o seu amor...

— *Ma vie, ma femme!* — gritou Jean. *Minha vida, minha mulher.*

Ele caiu diante dela, pegou-a nos braços e beijou-a.

Jer beijou Holly nos seus sonhos...

E nos dela, Holly retribuiu o beijo.

— Jer — sussurrou, dormindo. — Vou encontrar você.

Impresso na Gráfica JPA Ltda.,
Rio de Janeiro – RJ